U0930843

读者

丛书

DUZHE CONGSHU

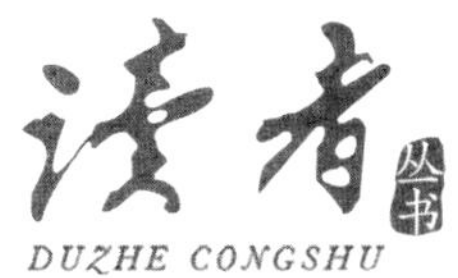

丝路向西　敦煌向东

读者丛书编辑组 / 编

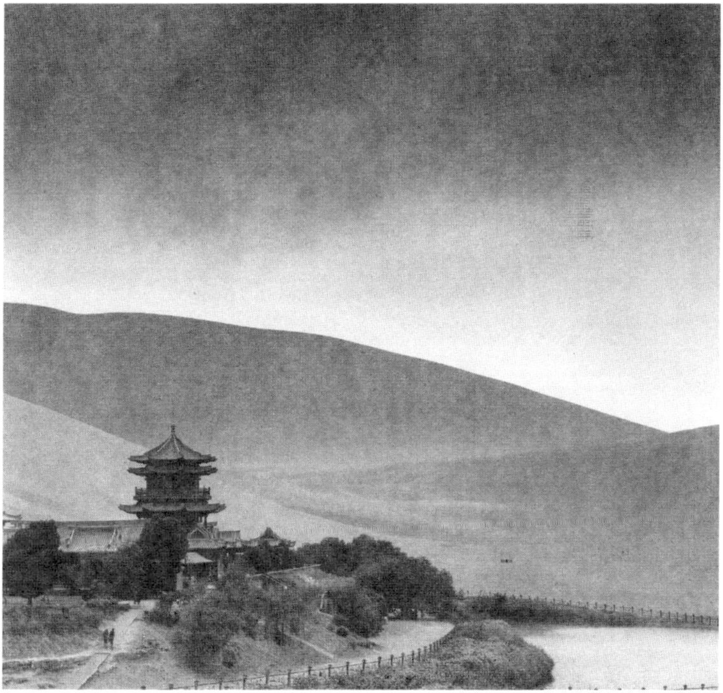

读者出版传媒股份有限公司
甘　肃　人　民　出　版　社

图书在版编目（CIP）数据

丝路向西　敦煌向东 / 读者丛书编辑组编. -- 兰州：甘肃人民出版社，2019.4
（读者丛书. 人文甘肃读本）
ISBN 978-7-226-05433-8

Ⅰ. ①丝… Ⅱ. ①读… Ⅲ. ①散文集—中国—当代 Ⅳ. ①I267

中国版本图书馆CIP数据核字(2019)第069759号

总 策 划：马永强　李树军
项目统筹：李树军　党晨飞
策划编辑：党晨飞
责任编辑：李依璇
封面设计：久品轩

丝路向西　敦煌向东
读者丛书编辑组　编
甘肃人民出版社出版发行
（730030　兰州市读者大道568号）
甘肃新华印刷厂印刷

开本 787毫米×1092毫米　1/32　印张 5.875　插页 2　字数118 千
2019年4月第1版　　2019年4月第1次印刷
印数：1~5 050
ISBN 978-7-226-05433-8　　　定价:24.00元

目　录
CONTENTS

一、壮丽画卷

二、璀璨人文

丝路向西　敦煌向东

一　壮丽画卷

山水兰州

习 习

在兰州，山像护佑城的两道屏风，一南一北，相向而立；源自青藏雪峰、一路汇聚而来的黄河从城中奔腾而过。山高而水长，这使兰州的每一处看过去，都有山水点染其间。无论城市如何拓展、如何繁华，人流如何熙攘，山兀自不动，水兀自长流。当城市越来越相像、越来越要丢失掉自己时，兰州却因着这高山和大河，有了永久的自己的味道。

北山有福，紧邻黄河，一高一低，风景错落。水让山软，山让水有了依靠。在兰州，因着这独特的地理，随处都有这样的哲学。高山、长河，再加一道老老的铁拱桥，古人宣纸上，磅礴的大山水，就在兰州了。元代的白塔依着山傍着水，望过去一个城，还让山有了历史。喜欢在白塔山远眺的还有那位画了《金城览胜图》的画家，他的目光远远近近，笔墨浓淡深浅，一纸的老金城，给兰州人留住了往昔和念想。你看，浮桥打开个缺口，河上漂过去一个羊皮筏子，木塔巷的木塔高耸入云，辕门上飘着古旧的旗子，方方正正的城墙外，桃树、梨树满枝繁花；握桥下的雷坛河正翻着菊花浪——往昔的兰州城，错落有致、端庄精巧。顺着画家的视线往对面看过去，再看过去，南山挡住了眼睛。

北山文气。山上有文庙、文溯阁四库全书。文庙高瞻远瞩，漾过去半城的书卷香。庙里依山而立的亭台楼阁，与白塔山的飞檐走壁左呼右应。杂花绿树，四处清幽。石碑、石像，林林总总的国学经典，时光穿梭、大儒往来，人们去了这里，心静了、目光远了。据说，九州台是世界上黄土层最厚的地方，在这里坐落文溯阁四库全书的藏书馆，再合适不过。厚厚的黄土，稳妥地盛放着历史上卷帙最大的丛书，书有多少？约计 6 千余函、3 万多册、近 8 万卷。这么多的书，兰州人欣喜啊，穿城过去的黄河，像枕了沉沉的一大疙瘩金子。

九州台为北山巅峰，往西有大青山、仁寿山、凤凰山，往东有白塔山、五一山、徐家山。各山连为一体，北山若一条俯卧于城北的长龙。其间，白塔正对跨河的老铁桥，并与南山隔城相望，丰富错落的画面，构成兰州标志性的历史文化景观。

南山亲和。且不说到底是不是霍去病在山上击鞭出泉，但泉

兰州水车

的古老是真的。南山离河远，上天便让这里涌出清泉润泽百姓。五泉山，五眼甘泉。泉水滋润出一山的青葱，树木也是老的，又有远至两千年前的古迹，让人觉得兰州的南山要比北山年长。人们深爱城边这幽绿的山，就让它做公园。很多兰州人在这里留有欢快的记忆。九龙壁上的双龙戏珠，游乐园里的大秋千，童话般的旋转木马。西线的山顶,在动物园里看动物们的千万种奇妙……满山满公园的欢声笑语，回忆一下，眼前立刻有了情景。池台水榭、虬枝盘曲，银白杨沙沙沙沙、摇晃一树银叶子。渴了就喝泉水，摸子泉的水不喝，留给专程来摸泉的大肚子媳妇儿，摸着石头得男，摸着瓦片生女。一山的对联也尘俗热闹得紧，摸子泉边的对联道，“糊糊涂涂将佛脚抱来，求为父母；明明白白把石头拿去，说是儿孙”；玩够了山，要出山门时，又见山门上的对联这样写，“高处何如低处好，下来还比上来难”——一回味，就想笑，平白的话，都是市井百姓想得通的道理。在山岭诸多的皋兰山脉，五泉山算不得其中的一座大山，但最以清幽和古意取胜。

皋兰山也形似蟠龙，它高厚蜿蜒，环拱兰州城南，延袤二十余里。传说“皋兰”二字为匈奴命名，2000 多年前，匈奴直逼皋兰山，立马仰望，慨声长叹：此山高可擎天，便呼其“皋兰”。现在，人们喜欢登临制高点的三台阁，指点河山，鸟瞰兰州。天晴时，会看清远处银带似的黄河，如何蜿蜒着进出兰州城。

在兰州，城市的高楼鳞次栉比，但总比不过城南城北的山高。游子离乡近了，眼光最先落到山上，心马上安稳了。山与城、与河，互为背景，互相依存，对兰州人而言，一样都缺少不得。

单有巍峨绵延的南山北山做屏障，兰州的险峻还不够，只有加上这条穿城而过开阔湍急的天堑黄河，兰州才能被称作固若金汤的“金城”。而兰州的硬和柔，雄和秀，便尽在其中。

一个城与一条大河如此临近又相安无事，这是兰州的一个神奇。黄河对兰州城和城中人有着无尽的意义。

河养育着兰州。先时，黄河岸边，水车林立，汩汩翻水之声，连绵不绝。到清代，兰州黄河两岸，所架水车已达 300 多轮，精美灵动的一个个大圆，是长而雄浑的黄河精妙的细节。水车日夜翻转，黄河岸边的上千亩农田得以浇灌，先时，农业就这样切近地发展在了城边。农田跟着河岸线蜿蜒，农人依偎黄河，自给自足。黄河南岸，麦田菜地；黄河北岸，果树瓜田。桃子、枣子、黄河蜜、白兰瓜、葡萄、苹果、西瓜……河风吹过，几十里瓜果飘香。黄河润泽黄土，让这个雄居于干坼的高原上的城市成为瓜果之城——多么奇异甘甜的富足。

而今，在兰州河滨的水车园和水车博览园，河畔的一架架景观水车，点缀着黄河，也诉说着有关黄河农业的一段历史。

在自古就为军事重镇的兰州，黄河成为防守的天堑，也给百姓造成一个难题，如果北山的农家与南山的农家联姻，恋人们该如何过河相见？处在农牧交接地带的兰州，周遭地区牛羊遍地，兰州人就学会以羊皮为囊，充气、扎缚，将一个个充足气的羊皮囊用木架固定捆绑，做成简单又古老的渡河工具——羊皮筏子。文献记载，清朝康熙十四年的2月，据守兰州的王辅臣叛乱，西宁总兵官王进宝奉命讨伐，在张家河湾便用羊皮筏子夜渡黄河，大破王辅臣，这是三百多年前的事。1919年7月，兰州姑娘邓春兰乘羊皮筏子从兰州出发，至宁夏中卫，改乘木船到包头，乘牛车到丰镇，再乘火车，32天后到了北京，邓春兰赴京求学，开天辟地首破大学女禁，是羊皮筏子把她送出了兰州。

人们乘筏渡河或远行，河面辽阔无际，天空若碧蓝的穹庐，兰州城在岸边飞速掠过。今天，作为民俗遗产，黄河边的羊皮筏子等待着远方的游客来感受和领悟。乘上筏，顺流而下，别样的古意别样的惊心，身下是紧贴着河面的轻盈的羊皮囊，浪花飞溅，筏子跟着波浪在河面起伏，河风在耳边尖声鸣叫。不用怕，技艺娴熟的筏把式会给你漫上一曲声调空阔的花儿：黄河的浪大着，把皮筏子荡着，尕妹子的模样子好着，把哥哥的心乱着……

山让城变高，水让城低了，又高又低的山河，给了兰州城和兰州人又高又低的味道。兰州城狭窄，但黄河用它的开阔和悠长慰藉人心。春夏，黄河浊浪排空；秋冬，黄河妩媚温情。兰州有着大山的沉稳厚重，又有着大河的情深意长。磅礴大气中透着柔美的万种风情，这况味，独在兰州。

（摘自每日甘肃网 2014 年 8 月 18 日）

给我一天，还你千年

刘恩友

“给我一天，还你千年”，这个地方就是“云驰瀚海，一座雄关凝壮气；柳系春思，千秋丝路起清风”的万里长城嘉峪关。丝路的声音带着历史的思索，驼铃的画面在长城下闪耀。

嘉峪关地处丝绸之路与万里长城的交汇处。底蕴深厚的文化色彩加上丰富的地域胜景，在这里架起了迷人的彩虹。来到嘉峪关，第一感觉就是“历史就在家门口，宝物就在你身边”。据嘉峪关市政府公布，全市有不可移动文物 94 处，有城垣城楼、军事设施遗址、坛庙祠堂、摩崖石刻、桥梁码头遗址、传统民居、石窟寺、碑刻、城址、岩画、典型风格建筑等等。年代涉及战国、汉代、三国、魏晋、明清、民国及现代。这些不可移动文物名录，分别被列为全国、全省、全市重点文物保护单位。

“塞下传笳歌敕勒，楼头倚剑接崆峒”牵来千年的神韵，“冈峦重叠戴雄关，关势峥嵘霄汉间”的古道传奇落在现代人现实的生活里，随处的一处古迹，就是千年的传说。

据说戈壁的过去是大海，要不然这里的戈壁哪来这么多遍布身边的海底沙粒，哪来这么多海底才有的动物化石。站在嘉峪关，风从西面吹来，夹杂着海水的咸涩，戈壁圆润的鹅卵石是通向海的眼睛，那亿万年前蓝色的海，仿佛还在翻涌着浪花扑打着关城青灰色的墙壁，历史深处的光阴，从长城的垛口处漫进来，留在楼宇城堞的每一个角落。老旧的城砖，老旧的墙垛，老旧的青石基，储存着千百年来血色的记忆，仿佛嗅到当年嘉峪关烽火连天、金戈铁马的气息。

“烟笼嘉峪碧岧峣，影拂昆仑万里遥。暖气常浮春不老，寒光欲散雪初消。雨收远岫和云湿，风度疏林带雾飘。最是晚来闲望处，夕阳山外锁山腰。”层层环扣的城墙楼台老了，千百年来血雨腥风的担当还在；环环绕绕的楼体地壳老了，人踏马踩的声响还在；转角处的戏台老了，关城岁月里燕子的叫声还是那么清脆。

嘉峪关，是明王朝几代人经过 160 多年的艰辛努力，才建成了“有水而后置关，有关而后建楼，有楼而后筑城，长城筑而后关可守”的三座巍然拱峙、明墙暗壁、城关深藏固闭、结构布局奇巧的“天下第一雄关”，被称为“河西咽喉”“边陲锁钥”。据说入关处城墙上的“嘉峪关”就是乾隆皇帝的亲笔手书。这里是多重文明汇聚融合的交往平台，无论是身揣敕令的使节，统率千军万马的将军，心怀发财梦想的商人，云游闲走的边塞诗人，还是随民族迁徙的民众、心怀信仰的传教士，都从这道关口走过，长城文化与丝路文化在这里紧密地联系在一起。关城门口，左宗棠栽下的左公杨挂满了红布条，好像向人们讲述着那些遥远的记忆。

嘉峪关是离祁连山最近的长城关隘，终年积雪的祁连山，以静穆的方式守护着这块通往西域的狭长地带，远远望去，雪峰下那一道道山坡的折痕，像白发老人脸上的皱纹，意味深长。古老的长城第一墩巍然耸立在讨赖河畔的峭壁之上。墩下的讨赖河，像大地的脉管，清亮的祁连雪水终年不竭，湍湍奔流，蜿蜒东去。

“林暗草惊风，将军夜引弓。平明寻白羽，没在石棱中。”宽阔的戈壁上，风中摇曳的红柳、沙枣、骆驼草，好像吟诵着王昌龄、岑参、王维途经嘉峪关时留下的边塞诗，怀想着文人墨客对这里的描述和感慨。天边集结的云朵，像急促的马蹄声从戈壁深处传来，在关城的角落回荡。仿佛听到了祁连深处回荡的声声驼铃，仿佛看到了戈壁飘飞的袅袅炊烟。

长城伸延到黑山脚下，与险峻陡峭的悬壁长城相接，堵住了峪关峡口。这里曾经是古丝绸之路的必经通道，留下了张骞和班超父子探访的足迹，留下了大秦、罗马的商人和使者风尘仆仆的身影，他们是丝绸之路最初的探访者。在漫长的古丝绸之路的开拓中，曾经被誉为沙漠之舟的骆驼长队风雨兼程地路过这里，他

嘉峪关城楼

们风餐露宿、长途迁徙、不舍昼夜，他们走过的地方，胡麻花开，桑树生长，茶叶清香，绸缎闪耀着亮闪闪的光芒。红柳沟、磨子沟、蕉蒿沟等纵深的峡谷里漫淌着穿越中世纪的阳光，千万年前这里苍山翠岭，林木茂盛，动物繁多，古人们在这里狩猎、劳动、娱乐，生生不息，沟壑旁的石壁上散布着212幅“黑山摩崖浅石刻岩画”，将千万年前的黑山地貌和古人生活的场景展现得活灵活现，栩栩如生。那些茂盛的树木和强悍的动物，在石头上长了千万年，刻在黑山葱郁的岁月里不肯醒来。

从关城之上放眼东望，就是“地下画廊”之称的魏晋历史文化遗存。这片魏晋时期最大的古墓群，占地面积达13平方公里，分布着1700多座魏晋时期的古墓葬。彩色的砖壁画将魏晋时期人们在这里农桑、畜牧、屯田、酿造等生活场景一一呈现在我们的面前。

穿越魏晋画廊，就是新城草湖国家湿地公园。此时，祁连山下的世界是蔚蓝色的，白云下看水润流沙绘出的波涛浪卷，白鹭从草丛里起飞，翅膀蘸过湖水的斑头雁沿长城飞远，古典词牌被一声声鸟鸣叫醒，风在沙丘上呼出仄仄平平的诗句，一些梦想跋山涉水。在这里没有什么不能灿烂，珍禽、湖水、红柳和芦苇，沙和风都好像与我们彼此挂念彼此带故沾亲，花蕊水草里涌出瘦瘦的宋词，列阵的马莲花和芦苇，也弹奏出几叠旋律几缕琴音。大自然在这里反弹琵琶，风的舞姿一半温柔一半沧桑，草湖的“八大景观”在月亮的倒影里发芽生根，一层层怀想姹紫嫣红，一种陶醉向长城内外无限延伸。

丝路远，长城长，长城脚下是故乡，门前丝路花飘香……丝绸之路与万里长城，是中华民族的两大创造，千百年来成为中国历史的两大标志。它们西行到了河西走廊，终于在嘉峪关这里有了一个最华丽的交汇。这是历史的对接，是文化与文明的强力碰撞，丝绸之路在这里具有长城这样的“骨感”。这里的每一个拐点都有一个亮点，每一个亮点就像一个微笑，微笑可以传递力量，架起彩虹、创造传奇。

现代节拍里根植着古老文化的根须，散发着传奇般的魅力。嘉峪关，如今已经演变为充满迷幻色彩的现代化城市，新时代在这里更会带给你全新的感受：燕子在清澈的湖边低飞呢喃，布谷鸟在枝头欢快地鸣叫，喜鹊在闹市筑巢，麻雀在身边跳跃。人在林中走，花香淡淡来。漫步垂柳依依的湖畔，祁连皑皑白雪在蓝天白云下相伴，“城在水边，水在城中，隔窗能观景，出门便游园”，让人无不感叹“湖光山色、戈壁明珠”的至极奇美。在这块戈壁绿洲中，楼群高耸林立，马路宽敞平阔，五颜六色的小轿车如一条条鱼儿，畅游在大街小巷。在嘉峪关这“戈壁水乡”，西北唯一的“方特欢乐世界”如迪士尼乐园让人向往，16 条航线满载远方的客人来来往往，现代化交通体系四通八达，一列列高铁呼啸而过，驶往丝绸之路的深处……

“感受丝路文化的华美，体悟长城文明的厚重。”历史是我们生长的根须，只有还历史更多的养分，才能催开更艳丽更丰富的花朵，还历史更加浩瀚灿烂的天空。“给我一天，还你千年。”华夏文明的乐章在这里更为激越地奏响，文化繁荣和崛起的前景展现在眼前。这里的人，是嘉峪关这座钢铁基地的开拓者，是古老雄关的守望者，也是华夏文明的传承者，更是现代美好生活的建设者。这里既是丝绸之路，长城之路，也是历史之路，文化之路，更是旅游之路，发展之路。在嘉峪关这块热土上，可以最便捷地辐射和管窥到“丝绸之路三千里，华夏文明八千年”的盛景。

心择一方净土，梦枕一片幽地，这里更可以安放我们心灵的故乡。

（摘自中国甘肃网·甘肃日报 2015 年 5 月 8 日）

戈壁小城

孙志明

一

我居住的小城正名叫金昌，又名金川，别名镍都，地处河西走廊中段北部，巴丹吉林沙漠的边缘。

小城太新了，新的满街亮丽，如一张白纸刚开始涂画，任凭想象，天马行空，肆意扩展而不受局限。

你若畅想小桥流水的村野，宽敞舒适的城市，自然清新的空气，隔窗笑语的邻居，悠然自在的生活，就到小城来吧。

小城似乎有点高傲，但它宽容。高傲是宽容的资本，相比之下，有不少城市因高傲而作茧自缚，冷眼傲世，少了那份热情，而小城则因是移民城市，全国各地的人都有，融合而成了一种独特的宽容，而这种宽容的胸怀又扩充了污浊、激励了庸俗、降低了等级，多了一份轩昂。一个人可以不热情、不轩昂，这座小城却不可。它悠闲，但它很努力，因此悠闲得神采奕奕。它不像一些大都市因忙碌奔波而神不守舍，失去了只有在暮秋的静悟中才能展现的韵味。小城正好，不闲不忙，在这样的小城里住着，生命自然会自在、轻松。

因为繁忙，是一种蒸腾的过度的消耗。

小城缺水，但满眼翠绿，漫步小城街头，你若用心，会发现从每个居民小区步行十分钟，就会有一处供市民小憩、休息、健身的场地，绿树、草地、鲜花满目生辉，坐在树荫下的长木椅上，你可仔细欣赏小城的风土人情、街容街貌。街边路头的平常景象是地域文化的深刻投影，越是平常越是深刻。

而小城的大街小巷，很少有脚步匆匆的行人，人们都是从容不迫，气定神闲。

二

小城的春天，不到五月中旬甚至六月初，时尚男女难以敞开胸怀、显腿露肩拥抱夏天。

但西风虽烈，春却更深，花愈艳，沙尘暴渐次减少，终退却。

在小城的北面，沙尘暴一直对小城虎视眈眈，伺机侵犯。在九十年代，小城曾遭受过一次特大沙尘暴的蹂躏，损失惨重。小城痛定思痛，几十年来一直跟沙尘暴顽强搏斗，最终打破了沙进人退的格局，在北部营造了长达十多公里的防护林，如今已郁郁葱葱，形成了一道绿色屏障，步入人进沙退的良性格局。

慢慢的，小城的人们有了一种意识，平时在生活中最受保护的不是自己鲜亮的衣服、脸面、爱车，而是树木、花草。

小城栽活一棵树，比养活一个孩子还难。

而今，龙首山下，因露天采矿，废料和目前无法冶炼的矿渣堆积而成的人造新山，披上了绿装，改头换面，成为矿山公园，山坡上花色烂漫。观小城夜景或眺望小城全貌，登高纵目，一览无余。

横穿市区而臭名远扬的那条龙须沟，则被改变为一条美丽的景观带。

小城有几个纯属公字的设施全天免费——公园、公厕，还有一切景点。

小城原来缺绿，市民休闲度假时除了周边村镇，就是永昌景区，政府大手笔，在市区东郊掘渠凿湖，种草栽树，硬是在戈壁滩上写出了一个金水湖景区，为小城平添了一处引以为自豪的景观。

树不在高，有绿就行，水不在多，有湖就美。

后来又在市区北边，开湖引水，营造出西湖水岸，并五湖连景，又在戈壁滩上描绘出包含植物园、花博园、观赏林、休闲苑为一体的一派江南水乡。更令人惊叹的是紧靠园区画出了一片紫荆花海，紫色的花似海洋一般跟蓝天映照，成为小城引以为自豪的新的名片，给这座地处大西北戈壁滩上的新城增添了秀丽柔情的风韵。

为此，小城获得了甘肃省城市绿化模范城市、全国文明城市称号，创造了无数奇迹中的又一个奇迹。

小城东西南北皆有高速公路直达，市区街道宽阔，博得了“要看文物到敦煌，要看公路到金昌”的美誉。

作为小城居民，这些民生工程给生活带来的影响是心照不宣的。

小城以盛产镍等稀有金属而闻名世界，多的是现代化工业元素，很少神灵庙堂，除了龙首山的深谷长风，便是政府的关怀之音，民众的安逸。

小城属资源性新城，但新有新的缺憾，缺少文化底蕴、历史名人、名胜古迹，更缺一首好歌，一首词曲俱佳，旋律优美，唱红大江南北的好歌，或是缺一位能写这首好歌的作者。

一首好歌让一个地方出名的例子太多了。

小城的另一种缺憾：难寻老街疏柳，柳下久坐，座间闲谈，精致散漫。

小城文化积淀不够，人们心态曾经浮躁，好在政府坚持努力争创全国文明城市，除了城市建设、生态文明建设，人们的精神文明素质在这种氛围中逐渐得到了提高和升华。

小城腾飞的火候已到，弦琴已谐。

小城的冬天寒冷干燥，号称亚洲第一的露天矿老坑，就像地球的伤口，但一切伤口都保持着温暖，一切温暖却牵连着疼痛，一切疼痛都呼唤着愈合，一切愈合都保留着勉强，因此小城的冬季准备了那么多的雪来掩盖，那么多坚冰来弥补，使冬天的小城不再单调、孤寂。

三

比小城更小的一座小城——永昌县城，距金昌 50 公里，有 300 多年的历史，属小城管辖的小城。城区轮廓大致沿袭东西南北四条老街，城中央是具有西夏古韵的钟鼓楼，跟西安的钟鼓楼极有相似。南望祁连山，北守金川河，西去张掖市，东邻武威城。县城具有浓郁的农耕文化，地域特色，民风淳朴。小县城依山傍水，风景秀丽，南山苍茫，北山逶迤，无数泉水汇聚而成的金川河临城而过，是金昌市民休闲、度假、避暑的一方胜地，也是金昌对外宣传引以为傲的旅游胜地。

徜徉于县城大街小巷，稍有点年份的古风民居已几乎绝迹，而城外校场山、武当山、南山坡上却大兴土木，毁于战火的明清时期风格的建筑以及无中生有的庙堂亭阁正在逐渐恢复和修建，给当地居民带来的短期和长远福祉也在显现。

前一阵，阳春三月，陪北京来的几个朋友在小城市区、周边县镇转了一圈，自家的魅力征服了他们，他们来之前，内心深处始终认为地处甘肃、河西走廊北部、沙漠边缘的戈壁滩上的一个小城能有多好，贫困、落后、封闭的阴影在脑海里早已定格，直到踏上小城的热土，才慢慢释然。

在陪北京朋友游玩的过程中，我不厌其烦地从多种角度炫耀自家小城的魅力，但北京的朋友说：我们跻身其间的大城市虽然毛病很多，却是当下人们向往的地方，对于像金昌这样的小城，介乎城市生态和乡镇生态之间而溶解了多方意趣，特别是那片花海，令人惊叹，确实很美，不过想要长期居住，对他们来说反倒是一种梦想。他们知道了这里有森林绿坡、夏季雪山、大漠孤烟、小镇马蹄，但他们注定要与繁华与喧闹为伍，他们只能羡慕、嫉妒。

晚霞中的小城，宁静而安详，大街上车灯如流彩，行人不急不挤，优哉自在，公园里人们或跳、或唱、或坐、或玩，地方小曲和现代劲歌此起彼伏，孩子们尽情嬉戏玩耍。花海里人们流连忘返，香气迷漫在城市的夜空，一切都是那么和谐。

多美好啊！但愿全世界都如此！

让人和自然更亲密的贴近，让我们在金昌这块辽阔的大地中更愉悦地舒展，让更多的年轻人在遭遇人生坎坷前，先到这先辈们艰苦创业的镍都新城、亚洲第一老坑、创业者住过的地窝子探询一番，让更多的老年人能以无怨无悔的情怀，在这里做一次壮阔的回忆和挥别，让不同的多种文化在来了走，走了来的脚步间交融，让我们的各条路口天天出现陌生的笑脸，让戈壁小城不再独自迟暮吧！

作为小城的居民，我们衷心欢迎五湖四海的人们来这里做客，来了解她的魅力！

而希望正在变成现实，近几年来，每到夏秋，那片紫色花海里，如游动的七彩鱼一样，徜徉着中外各地慕名而来的游客，络绎不绝，花海与人海交织一起，在蓝天白云下，缤纷亮丽。

四

作为小城中的居民，把小城当作是自己的家，是很荣幸的。别人家再好，也是别人家，既带不来，也留不下，只能带回来些相片和零碎记忆。而小城却是每天一睁眼就能看得见的家，家丑不嫌，家美自在，生活在这样的小城，心无大贪大欲，身无压力山大，快活吧！

（摘自中国作家网 2017 年 4 月 21 日）

丝绸之路上的一颗明珠

马　倩

黄河，华夏文明的母亲河，她孕育并见证了整个中华民族的成长；丝绸之路，东西方交流的文明之路，她的存在与发展，促进了世界不同文明的深度对话，而白银，处于丝绸之路与黄河的交汇地带，这里既有恢宏的历史，也有富于特色的自然景致，它犹如一颗明珠，镶嵌在漫长的丝绸之路的东端。

作为中国古代丝绸之路北线的必经之地，白银见证了许多历史事件的发生。

乌兰津，也叫乌兰关，丝绸之路北线的古渡群地带，相传文成公主入藏时就是从乌兰关过黄河的。汉唐使节、胡商军人，都曾在

景泰石林·二十二道弯

此地云集，站在这里回溯历史，仿佛又看到了林立的店铺、来往的商队与行人，熙熙攘攘，好不热闹；在这里，远望还能看到永泰龟城。这座城池，是古代城防的集大成者，其设计者邢云路，是明朝后期的一位天文学家，他把其朴素的宇宙观加入了城市的设计中，打造了一个极具代表性的古代军事寨堡的城市，但是，他苦心打造的这座永泰城建成 36 年后，大明的国运就走到了尽头，这座城堡，既无法挽救衰朽的帝国，也无法抵抗大自然变迁带来的侵袭，此后，人与沙之间的抗衡，水资源的多少决定了此城堡的兴衰。

壮美的黄河石林，静静坐落在一个叫龙湾的小村庄，这里是黄河的宠儿，一路向东的黄河在这里优雅地转了一个身，而形态各异、千峰竞秀的黄河石林就静静地伫立在黄河岸边，通往石林的二十二道弯让人们对之后的奇景更多了一份期待。饮马沟口的《神话》仿佛还在继续，大将军一夫当关万夫莫开的镜头，依然在梦幻般的石林中闪现；黄河上的羊皮筏子整齐排列，坐着他顺流而下，体会着最原始的情怀，感受着最地道的民风。

寿鹿山，看绿山环绕，听山间鸟鸣，仿佛置身人间仙境，相信那个以斧进入寿鹿山的樵夫当初看到这一片美景时也会有恍然如梦的感觉，而传说中在此山间生活的高僧与白鹿，犹如陶渊明笔下的那个世外桃源一般令人神往。

黄河依旧拍打着岸边的巨石，而岁月的长河早已在不断变化的古城中刻尽沧桑。如今的丝绸古道开启了新的篇章，历史的传承，时代的更迭，在这漫漫丝绸路上，藏着你看不完的风景，道不尽的故事。

（摘自《丝路客》2018 年第 1 期）

天水的雨

刘　晋

一

天水的雨，干散麻利，像天水人的性格。

天水人都习惯了雨在深夜或凌晨时悄无声息地飘落下来，然后在天亮时毅然决然地悄悄溜走。比如黄昏时分，走在藉河桥上，看到夕阳灿烂、温暖、美丽，如果你是个外地人，如果你还不那么了解天水，那么你可能万万不会想到，就在这样美好的黄昏之后，深夜或黎明时分，会有一场雨等着润湿你的梦境。

天水的雨经常不期而至。已经是后半夜，大地沉静，万籁俱寂。雨像一张巨大的宣纸被铺陈在地上，轻风拂过，顷刻之间激起轻柔的回响。那声音似有若无，随风起伏，让晚归的人心里宁静，让梦中的人心里踏实。雨声也让几个被失眠困扰了大半夜的人从辗转反侧中解放出来，走到阳台，点一支烟，狠狠吸一口，闻着空气里传来的尘土和雨水混合的亲切味道，看小区暗黄的灯光下，雨滴泛起的斑驳光影。

天亮之后，像来时一样，雨又悄悄走了。东边已经现出几缕红晕，太阳正期待着再一次照常升起。每天坚持早起晨练的人们被雨后的空气陶醉着，看着花草上丰莹的水滴，会心一笑：昨晚，又下雨了。

这就是天水的雨，夜里来，清晨走。最关键的是，走就走吧，还不忘给你留下一个阳光灿烂万里无云的大晴天，让你莫名欢喜。

二

但每年好像也有那么几天，甚或十天半月，天水的雨下下停停，停停下下，不分白天黑夜，缠绵悱恻，让人恍如置身雨季的江南。

其实天水也是江南——陇上小江南。虽然偏居西北一隅，但天水没有大漠孤烟，没有长河落日，没有丝路驼铃，没有戈壁万里……这似乎是一种遗憾。很多外地的朋友在天水游玩之后，在慨叹这座小城美丽温润的同时，也多少为天水酷似南方的风景和气候略感遗憾。他们觉得，地处西北的天水，好像辜负了这片土地应有的空旷和壮美，辜负了丝绸之路西出长安第一重镇的美名。

然而，这又何尝不是小城天水的幸运呢！

在莽莽苍苍的秦岭山脉西段，天水市秦州区的秦岭乡，有一个名曰“分水阁”的屋子。一屋之上，一半檐水流入黄河，一半檐水汇入长江。“一檐滴水，两下江河”，这种神奇仿佛就是上苍给予天水最大的恩赐。长江和黄河如同两位伟大的母亲，共同护佑着这座千年小城。加上绵延 1000 多万亩的小陇山林区左环右抱，天水才有了身处西部，却被雨水浸润的那份灵秀和通透。

所以，天水人是幸福的。当雨在很多夜晚和清晨打湿他们的梦境，滋润他们的生活，甚至有时连续多日的阴雨让人稍感烦闷的时候，他们总能想起西北偏西，那些一年到头都见不到几滴雨水的地方，然后在心里不断为自己曾经有过的抱怨自责，然后在自责之后更加珍惜和享受——这被雨水浸润却又常常阳光灿烂的美好日子。

说到阳光，就又不得不说天水气候的神奇。除去一年之中那十天半月连续的雨水，正常日子里，晚上下雨早上晴，早上下雨下午晴，这在其他地方也许很难见到的景象在天水却好像是一种常态。雨过天晴后的天水蓝天高远，白云绚烂，阳光透亮，花朵耀眼，仿如世外桃源。我曾在心里无数次悄悄感叹：天水的阳光是何等坚韧和顽强啊！她怎么就能从淅淅沥沥的雨中，从厚厚沉沉的云层中挣脱出来，在最短的时间，把自己的光芒洒遍雨后的天水大地?

因此我总觉得，地处中国地理版图几何中心的小城天水，其实最应该成为中国东西部气候的分界点：天水向西，寒冷少雨；天水以东，温暖湿润。

三

下雨的时候，最适合去天水的古巷里走走。因为这里的每一条小巷，都鲜活着一个人物，一段历史，一份传奇。

天水多古巷。2700 多年的建城史，8000 多年的文化积淀，在天水，似乎全都浓缩在这上百条曲曲折折的古巷中。尤其是西关，作为天水老城的中心，飞将巷、育生巷、澄源巷、折桂巷、三星巷、务农巷等几十条古巷密织如网，充满了市井人家的烟火味道和凡俗生活的迷人气息。小巷中隐藏着大大小小的民居，生息着世代相守的老天水人。炊烟弥散，柴米油盐，家长里短，儿女情长……这些数百年来一直生活着的小巷，恰恰最能体现小城的醇厚韵味。

好像是 10 多年前了吧。一个雨天，因为“天水古巷”这个选题，和同事扛着摄像机去拍飞将巷。那时我们已经拍了很多或晨光熹微，或夕阳灿烂的古巷了。想到飞将巷，想到汉飞将军李广的命运，我们都觉得，这应该是一个属于雨天的古巷。

飞将巷原名李家巷，只是小城天水众多古巷中普普通通的一条。但因为生长于斯的汉飞将军李广，这条小巷却成为天水人最为牵肠挂肚的地方。“秦时明月汉时关，万里长征人未还”……当少年李广从故乡的这条小巷出发，白马银箭、雄姿英发，戎马一生、杀敌无数，最终却以60岁之高龄，自刎谢罪……历史在那个瞬间呈现出的残酷和决绝，古往今来，让多少挚爱李广的家乡人在无限怜惜之余，唯有“念天地之悠悠，独怆然而涕下”。

所以，我们选择在绵绵秋雨中，在小巷墙头的荒草中，在斑驳脱落的院墙边，在青砖灰瓦的巷道中，把镜头从小巷深处慢慢拉近，仿佛要把李广从历史深处拉回故乡，拉回他曾经出生和成长的这条小巷，给他一个安放孤独灵魂的家园。就让一切都随风而去吧……说什么冯唐易老，说什么李广难封……回来吧……回来了，你就还是这片土地最钟爱、最心疼的孩子。

雨中的飞将巷，从小巷深处慢慢拉近的镜头，成为那部电视片中最为经典、最让人过目难忘的画面。

四

还有一个与雨有关的镜头，在诸多呈现天水历史文化的电视节目中屡屡出现。那是一幅雨打南宅子的屋檐，滴成滴、串成串、流成线，脆生生落在小石子铺就的古老宅院里的画面。

南宅子是明代山西按察司副使胡来缙的居所，始建于明朝万历年间，是天水最有代表性的民居之一。因为职业的关系，我去过天水几乎所有的古民居，而且近距离地欣赏过、触摸过、品味过，甚至在那里和民居的主人一起喝过茶、聊过天。最让我留恋和向往的就是维修之前那个虽略显杂乱，但有人居住、充满了生活气息的南宅子。维修之前，南宅子是一座有温度、有气息的民居；维修之后，齐整而寥落的南宅子瞬间变成了一座没有生命的民俗博物馆。

一个夏日的午后，雨很大，叮咚作响。在几乎空无一人的庭院，一片宁静之中，雨声空灵，竹影迷离，让人似乎忘却时间和自我的存在。同事在安静地拍摄雨中的屋檐、窗棂、花草、碎石地面，而我，则坐在侧厅的廊沿边抽烟，看雨一会儿大一会儿小，看檐水一会儿流一会儿滴。看的时间久了，就有些恍惚，就仿佛在一瞬间回到了大明王朝……在这座充满了书香墨韵的宅院里，一袭青衫，看雨，抚琴，习字，读书。又或者，红颜相伴，琴声悠悠，雨声澹澹，对着一庭雨景，满目青绿，随口吟咏，“籍此涤烦襟，与素心人听水看山，吾庐可爱；得闲学老圃，从多事处闭门种菜，一壑能专”（清·天水诗人哈锐联），何等的遗世独立，何等的快意人生。

在南宅子拍摄的雨打屋檐的镜头从此成为我们百用不厌的画面。那雨仿佛穿越了400多年的沧桑岁月，从明朝的秦州一直下到今日的天水。多年以后，每当看到这个镜头，每次忆起雨中南宅子空旷的庭院，想到那一天短暂的灵魂出窍，仍觉恍若隔世，不能自已。

五

在天水，更大的雨，通常都会下在麦积山里。

麦积山石窟堪称天水的传奇。在一片葱郁的山林之间，一座孤峰拔地而起，形似农家的麦垛，故得此名。而在壁立千仞的悬崖峭壁之上，在凌空穿云的栈道之上，在数百个密如蜂房的窟龛里，麦积山上大大小小的佛像或沉静，或微笑，目光如水，仪态从容。

麦积山林木繁盛、山水灵秀，秦岭西端、小陇山林区的大片森林如同温暖的臂膀，将麦积山环抱在一片无边的绿色之中。那些生长了几十年甚至上百年的树木，那些在每个春天都会如期开放的小草和野花，那些从岩石缝隙间流淌出来的涓涓细流，让麦积山仿佛遗落世间的一株空谷幽兰，在无限美丽中又暗含着别样的神秘。

雨在麦积山里下起来的时候，雾也会同时从山谷间升腾而起。麦积山在雨雾中若隐若现，犹如仙境，这就是古秦州八景之首的“麦积烟雨”。“最宜秋雨后，兼爱暮时烟”（清·吴西川诗）……站在山脚下，你能看见雾一丝丝，一缕缕，像一片白纱，自下而上，慢慢地将麦积山层层裹住。穿过栈道，站在散花楼上环顾四野，只见一片空蒙雨雾，于茫茫绿色之中伸展绵延，无穷无尽。“蹑尽悬空万仞梯，等闲身共白云齐”（唐·王仁裕诗）……雨中的你站在高处，仿佛站在云端，缥缈浩远，心胸旷达，如入无人之境。

在越来越大的雨中，你的心，和麦积山上的佛像一样，慢慢宁静、平和起来。你目光悠远，不知身在何处，不知此时何时。1000多年来，始终恬静微笑的西魏坐佛，始终会心一笑的小沙弥，始终笑着窃窃私语的童男童女，在一场又一场的雨中，静静伫立，不改最初的容颜。当佛从天上的神圣庄严回到俗世的莞尔一笑，多少沧海桑田，多少悲欢离合，都在瞬间化为淡淡一笑，化作心中温暖的记忆。

这就是麦积山石窟的不同凡响之处。当敦煌莫高窟在日复一日的风沙吹拂中变成伟大的传说，天水麦积山却在年复一年的雨水浸润下回到烟火缭绕的人间。走过了很多名山大川，看过了无数庙堂高远，却似乎从来没有那样奇妙的感觉：你觉得可以和麦积山上的佛贴得那么近，处得这样亲，仿佛家人、邻居和朋友。

是的，是天水的雨，让麦积山变得这样质地柔软，温润可触，温暖心灵。

六

天水是因水而得名的城市，“天水”二字即出自“天一生水”的传说。可见雨与天水这座小城难解的渊源。

天水的大雨不多，暴雨和大暴雨更是数年难遇。但再温柔的人，也有偶尔发脾气的时候，雨也一样。当相隔不到三年，连续的大暴雨落在山清水秀的天水娘娘坝镇，摧毁了数以万计的家园，让满目绿色的大地在一瞬间变成一片荒芜，天水的雨让很多天水人第一次切身感受到大自然的破坏力，开始在内心深处祈求和谐相处，天人合一。

但总的来说，孕育和诞生在伏羲画卦、创制礼仪的历史文化名城，在 8000 年文明的浸染之下，天水的雨是懂得文明和礼貌的雨，是有文化有修养的雨，是温柔节制、善解人意、大方得体的雨。显然，这是古典的雨。

让我们在雨的天水，诗意地栖居。

（摘自微信公众号:“天水发布”2018 年 10 月 17 日）

凉州风范

余秋雨

凉州，大体位于现在的甘肃省中部以武威为中心的黄河西边，正处于丝绸之路的关键路段。北魏征服凉州之后，曾把其间的数万户人家俘虏到平城（大同）。当时的凉州处于文明交流的要冲之地，所以这数万户人家中包括很多学者、建筑学家、艺术家、高僧、翻译，正是这批人造就了云冈石窟。因此，云冈石窟就体现了凉州的风范。

那个时代，很多迁徙都与战争有关，因此文化交融也往往由俘虏队伍来完成。世界古代文明史都是如此，只可惜，很少看到描写这种内容的艺术作品。

在很多情况下，战争带动文化；但在有些时候，文化也带动战争。当时，某些西域政权为了争夺一个大佛学家、大翻译家而不惜千里远征。例如鸠摩罗什、道安等学者就被这样争夺过。刀兵剑戟间裹藏着一个学者，狼烟荒漠间形成了一个学派，这实在具有震撼性的艺术力度。例如，有没有可能出现这样一种形象：一个马其顿士兵和印度土著混血的后裔，从犍陀罗经库来到凉州，成为名震远近的大雕塑家，又被不断争抢，最后作为俘虏来到了平城，成了云冈石窟的营造师……这一路上，有多少气吞山河的情节、动人心魄的故事？沿途所见，又有几番大漠朔风、沙场夕阳？

凉州，让人立即想到辽阔的山川和浩大的凉风。把“凉州风范”的最高概括表述为一种凉飕飕的文化哲学，一种“环球同此凉热”的通道哲学，两种表述都有一个“凉”字。

这种文化哲学和通道哲学，主要包括哪些内容呢？我想概括为下面五条：

第一，一切开疆拓土、联通世界的宏图，必须找到一条走廊。打通走廊，靠英雄马蹄；保持走廊，靠生态优化。

在凉州，这件大事，先由汉武帝刘彻做了。打通河西走廊的英雄马蹄，功劳最大的是年轻战将霍去病。但是，虽然打通了，如果生态恶劣，走廊也迟早会荒废，但河西走廊不是这样。虽然地处遥远的西北，但祁连山的冰川雪水十分丰沛，使之没有旱灾，同时四周毕竟干燥，又没有涝灾，这就使农耕文明得天独厚。而且，这里又有水草丰美的畜牧场。汉武帝还要让这条走廊在良好天气之外再聚集人气，因此又实施了军事移民和屯垦移民。军事移民当然是指驻军，特别要说的是屯垦移民。屯垦移民的原则是“无事则耕，有事则战”，这样的屯垦者很快多达十八万人。这十八万人口中，有很多是中原来的士兵，他们把中原的农耕技术带了过来，因此很快农事发达，连这些中原来的人都不想走了。公元四世纪初，中原发生了“永嘉之乱”，民众纷纷南逃和西逃，西逃的重要目标就是河西走廊的重镇武威。西逃者中，有很多殷实的大家族、深厚的大学者，带来了高层级的生活方式，于是这里就更繁荣了，甚至被称为“小长安”。这种高层级的生活方式更不可能封闭，因此走廊也更畅达了。

这一条文化哲学和通道哲学很明白：在征战文化背后必须紧随生态文化，才能使一代雄主的文化蓝图长留世间。

第二，只要在中国，任何伟大通道的一端，必然是大汉文典、华夏礼仪，这才能使通道根基深厚、生生不息。

就像是上天的安排，公元四世纪初年，儒家学者张轨到武威任“凉州刺史”，这就使凉州成了西北地区研习和传播中华文化的中心，其后陆续有郭荷、郭瑀、宋纤、刘炳等等大学者聚集，文化浓度越来越高。现代史学家陈寅恪在《隋唐制度渊源略论稿》中，称赞这里虽地处偏隅，却能在频频战乱中保存汉代中原文化学术，直至融入隋唐文明，功劳实在不小。

这条通道又成了一条时间通道，把中华文化安全地运输到后代，创造了新的伟业。就此我们要说的文化哲学和通道哲学也很简明：通道是否伟大，取决于负载着什么文化。

第三，当文化被宗教所提升，一种更加惊人的文明奇迹和传播奇迹，就会发生。

在凉州，比中原文化更令人瞩目的，是佛教文化。其实，凉州刺史张轨在传扬儒学的同时，已经鼓励学生去传扬佛教文化。但是，佛教在凉州发生的故事，无论是精彩度还是密集度，都远远超过了儒学，让一切中国文化史研究者都无法躲过了。这些最精彩的故事，主要发生在公元四世纪和五世纪。如果要与中原文化作比照，那正是陶渊明和谢灵运的时代。

例如，在公元四世纪中叶，“十六国”之一的“前秦”统治者苻坚请名僧道安作精神导师，但年长的道安坦言，自己对大乘佛教的理义还有很多地方不太明白，真正明白的是西域龟兹（今新疆库车）的年轻僧人鸠摩罗什，建议苻坚去远道迎请。但当时的远道迎请，其实就是用军事手段远征抢夺，派出去完成这一任务的，是将军吕光。吕光终于从龟兹抢到了鸠摩罗什，但在送回长安的半道上，听说苻坚已被推翻，那就没有必要回长安了，也就与鸠摩罗什一起停驻在半道上，这半道，就是武威。这一下，鸠摩罗什在武威整整住了十七年。吕光并不明白鸠摩罗什的真正价值，只知道他是一笔容易被争夺的财富，看守得很严。鸠摩罗什从各种士兵口中学好了汉语，甚至学通了很多方言。这为他日后从事佛教经典的汉译打下了厚实的基础。在武威，鸠摩罗什还拥有了不少佛教弟子。

但是谁能想得到，后秦的君主姚兴又要用军事方式来抢夺身处武威的鸠摩罗什了。公元五世纪初年，姚兴派兵十万讨伐凉州，鸠摩罗什终于被抢到长安，那时他已经五十八岁了。姚兴为他组建了宏伟的译经场，派了八百名僧人做助手，他在凉州修炼了十七年的佛理功底和汉语功底终于得到充分施展。

一次次军事远征都是为了一位高僧，而中点恰恰是凉州。凉州的佛教厚度在当时已名扬天下，在公元六世纪慧皎编撰的《高僧传》中，凉州高僧占了一半。

因此，这里的文化哲学和通道哲学表明：只有宗教精神，才能使文化中心变得神圣，因此以军事手段来争取，也能容忍。

第四，当宗教和文化转化为宏伟的艺术，一种远近共仰的范式也就形成了，并永远不再溃灭。

在凉州，佛教精神及时地完成了它的艺术造型，那就是天梯山石窟，建造的时间是公元四一二年至四三九年，花了二十七年。

公元五世纪是中国佛教石窟造像全面迸发时期，天梯山石窟是源头之一。中国的佛教石窟造像，来之不易，因为佛教原先不主张造像。自从亚历山大东征时随军带来不少希腊雕塑家，才在一个叫键陀罗的地方实现了佛教的雕塑造像。这地方位于现在的巴基斯坦境内，我曾专程赶去仔细考察。佛教的精神，希腊的手法，造就了一批批精妙的佛雕， 而在天梯山，则又让佛雕傍山依势，气魄宏伟，因与天地一体而深契佛理。

天梯山石窟的主持者是凉州高僧昙曜，他显然已经是当时世界上首屈一指的石窟造像雕塑大师。一个顶级的佛学家又是一个顶级的艺术家，使佛学和艺术两相光照、同时提升。

在当时，信仰佛教的人大多会深深向往凉州，向往天梯山石窟。但是，毕竟路途遥远，朝拜不便，于是又出现了用军事远征来完成朝拜的更大行动。当时入主中原的鲜卑族北魏王朝也是信奉佛教的，他们在公元四三九年远征武威，决心把凉州这个文化艺术中心整个儿迁徙到他们的首都平城（今山西大同）。于是，一场规模巨大的“精英大迁徙”发生了，凉州的世家大族、佛儒学者、著名工匠迁徙到平城三万余人，其中，有三千余名高僧。早已名声显赫的昙曜当然是躲不掉的，也在迁徙的队伍之内。

抵达平城的昙曜，开始主持云冈石窟的造像工程。其实在他到达之前，云冈石窟已开始开凿，是由另一位凉州高僧师贤主持的。昙曜在公元四六〇年开始主持，五年之后，他完成了石窟最重要的五窟巨像，后人称之为“昙曜五窟”。一年年下来，终于，云冈石窟成为中华文化最珍贵的遗产之一，也是人类文化遗产的重要代表。

后来，随着北魏王朝迁都洛阳，那里又开始建造龙门石窟。不管是云冈石窟还是龙门石窟，都起始于凉州的天梯山石窟，因此我们把这一脉络称之为“凉州风范”或“凉州模式”。

那么，以天梯山石窟为起点的这种风范，有哪些特征呢？

首先，这种依山而建的石窟造像有一种相融于山川的伟岸，又融合了亚历山大东征时所带的希腊雕塑家对于希腊神殿的空间处理经验，更有一种技术上的坚挺，形态上的庄严。

其次，在技法上明显吸取了希腊雕塑家在造像处理上的力学结构，例如高鼻梁、深眼窝，以及端坐和站立时的衣带线条对比，却又皈向于东方宗教宁静、空寂的神貌。至龙门石窟，更转向造型的进一步中国化进程。

最后，在服饰、器具上不排斥巴比伦文明、波斯文明和其他文明元素的介入，有一种包容博大的气象。

这仅仅是指石窟造像。其实，“凉州风范”还有其他很多方面。

例如，在城市建设上，凉州格式也极大地影响了平城和洛阳。主城中套小城，散建间立主楼，以及改变原来“宫南、市北”的套路，而成“宫北、市南”的新格局等等，都是城市建设的“凉州风范”。

又如，在历史上名声响亮的“凉州乐舞”，原是从鸠摩罗什的家乡龟兹传过来的音乐舞蹈，美艳奔放，从凉州到长安，直到盛唐还广受喜爱，可谓历数百年而未衰。这中间，由西域乐器和中原乐器混合演奏的“西凉乐”，以及作为乐府演唱常见节目的“凉州词”，更是多方渗透。

把这一切加在一起，才是比较完整的“凉州风范”。

这里出现的以艺术为主干的文化哲学和通道哲学，令人浮想联翩。在“凉州风范”高扬很多、很多年之后，欧洲以“宗教+艺术”的方式完成了壮丽的文化大转型。无论是画家达·芬奇、米开朗琪罗、拉斐尔，还是音乐家巴赫、贝多芬、莫扎特，都以宗教题材攀上人类艺术的高峰。其实，以昙曜为代表的一代石窟雕塑家们的气魄并不比他们小，却因复杂的历史原因埋没了。为此，当代写意派雅塑家吴为山先生在云冈石窟前为昙曜雕刻塑像，我写了专文予以赞扬。我想，“凉州风范”的本性就是超时空传扬，因此，把昙曜塑像竖立在云冈比竖立在凉州更为重要。

但是，这里出现了一个悖论。一种优秀的风范必须流传，因此也容易挪移和迁徙，那么，它的起始基地不就荒芜了吗？“凉州风范”在平城、洛阳、长安发扬光大，凉州本身又会如何？

因此，在凉州，在河西走廊，应该有一个以故土主人身份阐释本义的典仪。

这本是一种幻想式的奢望，不料居然实现了。这需要感谢另一位重要人物，那就是隋炀帝杨广。

第五，“凉州风范”因为惠及远近，终于获得了不可思议的报偿，那就是出现了一个归结性的世界级盛典。这在所有地域性文化中，绝无仅有。

这个盛典出现在“昙曜五窟”完成一百四十四年之后，时间并不太长。

原来，隋炀帝在公元七世纪初期即位后，便接受裴矩关于进一步拓展西域商路的建议，让河西走廊和凉州又一次鲜明地进入朝野视线。

山西人裴矩目光远大，在我看来是当时少见的“宏观经济学家”。他以“互市”的观念来反对贸易保护主义，而且编制《西域图记》标明丝绸之路的三条行经路线，因此是重新疏通国际通道的关键人物。

在裴矩的鼓动下，隋炀帝居然在公元六〇九年到河西走廊上与武威并列而相邻的张掖，隆重举办了一场由西域二十七国参加的贸易盟会。隋炀帝下令，武威、张掖两地的仕女必须盛装出席。除了大量商品的展示外，凉州乐舞、西域诸艺和中原艺术家悉数汇聚，参与人群摆出了延绵数十里的阵仗。西域各国使臣、商贾，再度为中华文化的宏伟气魄所震撼。

这是一次真正意义上的古代“世界博览会”。初看似乎以贸易为重点，其实是中原王朝与西域各国全方位交流的重新启动。

这种启动，还为杨广之后又一个伟大朝代——唐代添加了力量。诸多力量中，由商贸而带动文化，最为重要。怪不得陈寅恪先生说，凉州以自己保存的文化融入了隋唐。唐代文化，怎么也抹不去凉州的影子。马背雄风、高僧袈裟、柔舞劲乐，都是唐代文化少不了的神貌。至少，那些以凉州为题材的边塞诗，是唐诗中最让人神往的篇章。

隋炀帝是中国历史上唯一亲临河西走廊的中原帝王。他亲自重新疏通丝绸之路，开凿大运河。一条横向的走廊，一条竖向的运河， 这实在是中华文明的两大命脉，他在位一共才十四年，竟然准确地握住了这两大命脉，实在不易。

隋炀帝所主持的这一盛典，使凉州的诸多文化又一次获得隆重汇聚和检阅，因而赋予了更大的时空意义。

（摘自微信公众号："武威文化" 2017 年 8 月 22 日，有删改）

丝路张开的国之臂掖

李小波

“金张掖，银武威”，这是人们对河西走廊古城的赞誉。当年匈奴在汉朝强大的军事威慑下，投降称臣，汉武帝在他们的领地设立河西四郡，自东往西分别为武威、张掖、酒泉、敦煌。从此，河西走廊犹如中原通往西域的一叶方舟，悬挂着祁连山脉的冰雪云帆，乘渡绿洲沙浪，羌笛启程，春风不逝。在众多的西北古城中，张掖独得“金”字招牌，自然有其原因，张掖的核心在甘州，苍凉尘沙中，何以甘美天下？

丝路之心

山河两千里，沧桑五千年，华夏文明的星火点亮了炉窑中的彩陶，夏商周时期，羌、戎在此生息；春秋至秦代，乌孙、月氏迁徙至此繁衍；汉代前期为匈奴居地。由于匈奴的大肆掠地，阻断了汉朝的西进要道，“犯我强汉者，虽远必诛”，汉武帝元狩二年（公元前 121 年），霍去病将匈奴驱赶至玉门关外，打通并畅通西域之路。

甘州的山川形胜决定了它在河西走廊中的原点地位，古人有“相其阴阳，观其流泉”的选址原则，甘州南依祁连山，北靠龙首山、合黎山，东屏焉支山与武威和金昌市为邻，西与酒泉和嘉峪关相望。祁连山雄伟高峻、山体宽厚，山巅终年积雪，是天然的“高山水库”，润物细无声的融雪在谷地形成露头水源，水系发育，水源丰富。酒泉初选甘州之地就是因为“城下有泉，其水若酒”，在西北半干旱的环境中，有如此甘美的水源，自然是聚落首选。甘州得名也是因为甘峻山下甘泉流淌，在城内形成天然水泽，芦苇茂盛，芦花飞舞，素有“甘州不干水池塘，甘州不干水连天”之说。千年之后，依然保留“半城芦苇半城庙，三面杨柳一面湖”的独特景观，民国时期著名诗人罗家伦禁不住抒怀甘州：“绿荫丛外麦毵毵，竟见芦花水一湾。不望祁连山顶雪，错将张掖认江南。”“甘泉晚照”和“苇溆秋风”构成甘州八景的代表，是塞上江南的蒹葭水月。

张掖木塔

在古代匈奴人心中，祁连山沟通天地，是父亲之山；焉支山孕育绿洲，是母亲之山。战火无情，西迁的匈奴人离别时悲怆地低吟：“忘我祁连山，使我六畜不蕃息；失我焉支山，令我妇女无颜色。”远去的匈奴把背影留给大漠，却在罗马帝国的征战中面朝大海。300年后，在匈奴后裔首领阿拉提的率领下，再次在欧亚大陆的牧场上恣意纵横，以“上帝之鞭”的气势，发动对西罗马帝国的进攻并促使其灭亡。甘州，在历史的进退之间，承转启合为横贯东西的丝绸之路，犹如上帝的调色盘，将飞舞的丝绸印记成汉风唐颂的张掖地景、斑斓丹霞。

甘州是丝绸之路之心，三条古道三三归一。南线自长安出发，沿渭河西行，经兴平、务工、宝鸡进入甘肃境内至秦安，向西南到陇西、渭源、临洮、临夏，在大河家附近渡黄河后，再向东北过青海的民和、乐都到西宁，由西宁向北过大同、门源、俄博，出扁都口经民乐至甘州。北线沿泾河向西北行，经礼泉、乾县、彬县、长武到甘肃的泾川至平凉，经宁夏的固原、海原，绕到甘肃靖远，从靖远过黄河至景泰、武威、永昌、山丹至甘州。中线是在南线的基础上开辟的，从长安出发到临洮后不到青海西宁，而是到兰州，经永登，过乌鞘岭、古浪、武威、永昌、山丹至甘州。

远去了战争的商业繁荣，使甘州充满着异域风情，西域诸国纷纷带着自己的“奇物”，向汉唐王朝进贡，华美的丝绸、瓷器等中国珍品征服了古罗马的权贵，汉人、蒙古人、粟特人、裕固族、回族、藏族以及众多的宗教艺术，在甘州共生为“和而不同”的人间乐园。由于甘州在军事和经济上的重要地位，唐代文学家陈子昂上奏《谏武后疏》，认为“甘州山川乃河西之咽喉”，提出“河西之命系于甘州”，更加奠定了甘州河西首位的地位，“金张掖，银武威，玉酒泉，梦敦煌”，美誉习之，名不虚传。

甘肃之源

甘州是甘肃行省之源，宋元之际，西夏崛起，吐蕃北望，蒙古南征，中原风雨，甘州的军事地位更加复杂多变，堪称西北建瓴的“十字路口”。西夏统治河西时，取甘州和肃州（酒泉）的字首，设甘肃军司，最早出现甘肃之名。钓鱼城之战蒙哥阵亡后，忽必烈不仅要率军攻打南宋，还要与兄弟阿不里哥争夺汗位，同时对付窝阔台之孙海都的叛乱，在西北建立行之有效的行政体制至关重要。元朝是中国建立完善的行省制度的肇始。在中央设立中书省管理全国政务，在地方设立行中书省管理全省军政大事。甘州处于蒙古四大汗国中察合台和窝阔台汗国的前沿阵地，面对海都强大的军事实力，至元元年（1264），忽必烈在甘州设甘肃路总管府，总管河西各处；至元二十三年（1286），成立甘肃行省，是为甘肃省的起源。甘州行政地位的提升为忽必烈提供了坚实的军事和经济基础，7 年之后，元军对海都发动大规模攻势，将叛军逐出阿尔泰以外，“漠北危机”取得决定性胜利，在中国版图混元一体的天下化成中，甘州功不可没。

甘州为长城九边首镇，在明代继续扮演着军镇的重要角色，在长城“九边重镇”体系中，按建置时间排序，分别建立了甘肃镇、宁夏镇、宣府镇、大同镇、辽东镇、蓟州镇、延绥镇、陕西镇和山西镇。甘州作为九边首建之镇，地域范围东自松疆阿坝岭起，临洮双墩子界，西至嘉峪关，边长一千八百余里，不仅是地理形势之要求，而且是内外形势所主张。乾隆《甘州府志》记载：“东有金城之固，西有玉关之严，南有祁连之屏翰，北有合黎之拱卫。”甘州不仅担负抵御蒙古、防守边地的重任，且肩负抚恤当地少数民族的责任，可谓“威控三边，襟带四维”。从汉代屯田戍边到唐代丝路鼎盛，从元代行省甘肃到明代九边首镇，甘州不愧为“近而藩垣四镇，远而纲领九边，通王帛于天方，列氈庐于疆埸，际天极地，巍然一大镇也”。

甘美张掖

“甘其食，美其服，安其居，乐其俗”，甘州不仅有桃花源般的诗意栖居，更演绎了人文化成的活水源头。一泓清泉竟然分为两翼，流淌为文流武派，后建池会合后建坊，题额“文武一道”，在全国所有的古城规划中独树一帜。苍茫西北，塞上江南，明代张掖文人张联元怀着对家乡的热爱，在《北城旷览》中，写尽甘州一脉：“山光水色翠相连，万里云尽万里天；黎岭氛消兵气散，戊楼尘满月华妍；耕深健读桃花雨，卧饱龙骊碧树烟；羌笛无声边塞远，鸣蛙低伴水潺潺。”

城固一方，心渡无界。甘州古城将城郭之固和内心之宁完美展现，始建于明正德二年（1507）的镇远楼，位于东南西北四正方位的“天心十道”，即古正晷方中之义，与四方城门构成卫君守民的气魄；四面门洞上各有“镇远”“旭日”“迎薰”“贾城”牌额，楼上四面有匾额4块，东“金城春雨”，西“玉晓春关”，南“祁连晴雪”，北“居延古牧”；向四面展开的4条大街，笔直宽敞，直达4个城门楼，东楼曰弱水东来，西楼曰西被流沙，南楼曰祁连南耸，北楼曰长城北环。城市轴线向外呼应着山水之势，向内则布列有序，长街短巷古院落，遍及全城。城内设有官仓、草场、神机库、军器局、火药房、演武场等，虽然古城墙已是断垣残壁，但古城结构依然架构，战时镇远守御，平常钟鼓齐鸣，边关鼓角与礼乐之门的启合之间，了然于心。

多民族共处的甘州，风俗不同、习惯各异，宗教成了社会安宁的精神纽带，人们在各自的朝拜中得到慰藉，也遵守着行为的约束准则。今天甘州城东西格局上，佛祖西至，紫气东来，西南的大佛寺、西来寺和木塔构成佛教中心；东北的老君庵、大马神庙和镇定塔，则供奉着本土神灵；甘州还根据金、木、水、火、土五行原理，在城内外建五塔连环，相生相克，护佑着城市和人伦的吉祥，与华夏政治的五岳五镇、佛教时空的五方五佛、道教天地的九宫八卦，有异曲同工之妙。

文韬之，武略之，时空经纬铺就了甘州的城格，蒙古草原文化与青藏高原文化，中原汉族文化与西域多元文化，山水绿洲与大漠长城，裹挟着历史的烟云，汇聚成芬芳的丝路，甘美张掖，甘美西北。

（摘自《百科知识》2016 年第 16 期）

烟雨朦胧走平凉

从维熙

在大山之崖

六月下旬，当大巴在甘肃平凉九曲十八弯的山路上行驶时，天上的银河就决堤了。雨中，我有点感伤，因为这是我第一次过甘肃，没想到烟雨朦胧成了障眼薄纱，只能在一片迷茫中，看窗外大山之奇伟险秀。天津来的青年作家秦岭诙谐地解析天雨之来源说：“这都是‘从老’作的怪，因为您的名字中有个‘熙’字，此字下边有四个点，因而雨水便随您而来。”此话不假，按着我落生的时辰核算，在易经八卦中当属水命；我爷爷为了孙儿的一生平安，名字最后便用了个“熙”字；可是下边的四点非水，而是古写的 “火”，其用意是期望我水火相济，一生平安。我破解了秦岭的误谬之后，引起车内一片笑声。

真也怪了，就在这片嬉笑声中，车窗外的雨丝开始变弱，当大巴停在中华始祖轩辕大帝最早的生息之地崆峒山时，老天不再滴泪——在云飞雾散的片刻之间，我看到悬崖之巅崆峒寺，像是天宫一样闪烁在云雾缭绕的悬崖之巅，仅此一景就让我心灵震撼。难怪历史上的秦王、汉武都曾登上此山一览苍穹呢——包括历史上的大文化人司马迁、杜甫、白居易，以及明清时期的林则徐、谭嗣同都有诗词碑文留在此山，真称得上山中的绝秀。因而，当游览崆峒山的粗犷百景之后，让我题字时，我这个每日敲打电脑键盘、很少用笔写字的人，也提笔为其山写下“崆峒之秀，醉我中华”八个大字。之所以如此，实因远祖建于大山的褶皱之间的古寺，深藏着中国北方的文化底蕴。中华江南文化美景是“小桥，流水，人家”，而中华北方的风情写照则是“西风、古道、瘦马”。南国的阴柔之美与北国的阳刚之气，组成了中华文化的全圆——而平凉的崆峒山的陡峭与险峻，以它的蛮荒野气，突显出北国山峦的阳刚之最。

我们是坐着缆车，从山巅滑向山底的。待我们滑向山底之时，崆峒寺的魂魄似乎不愿我们离去，天雨又泪珠般滴落下来。我们也很眷恋它的奇秀，但是平凉的大山之崖上，还有龙泉寺、云崖寺、南石窟……在等待我们去攀登呢，也只好向崆峒山挥手告别。因天空雨丝织网，我们奔向新的山崖景观时，无论是龙泉寺，还是云崖寺、南石窑，都像是雾里观花。因而有的文友说：雨是一支神来之笔，把若隐若现中的山崖石雕和寺院，抹上了一层浓郁的浪漫主义的色彩。若同古代对绝色艳娇的描写：“犹抱琵琶半遮面，千呼万唤始出来。”受文友之启迪，我也突发奇想：如果把甘肃的敦煌艺术宝库，比作为彩色凤冠的话，平凉山崖景观之奇美，堪称这只金凤凰身上的羽翅。因而，我夜宿山下宾馆时，写下的几句感悟是：平凉大山之美，美在历史与大自然的鬼斧神工。让我这个北国文化人，向历经沧桑而不倒——至今巍然屹立于大山之巅的艺术瑰宝致敬!

在大山之腹

上述文字，是平凉历史文化的录像。但我更急于看到的，是今天大山中的山民肖像；因为中国自古就有“富江南，贫西北”之国情记载。待我们一行，从大山之崖到大山之腹，抚摸到它今天的心跳声之后，心灵承受的是另外一种的激动。全国梯田模范示范区在平凉的庄浪，全国享有盛名的苹果之乡在平凉的静宁。那层层梯田连接在一起，就像江南色彩缤纷的一幅幅苏绣；那七十多万亩苹果园滴清流翠，与村庄的红墙灰舍交织在一起，告诉我们今天的西北甘肃，已不再演绎昔日“西风、古道、瘦马”的故事，开始抒写今天的童话。特别是当我走苹果之乡雷沟村后，亲眼看见的一道风景，让我有些吃惊。

接待我们的山汉名叫雷托胜。他个子高高，脸上挂着北国农民的憨厚；在和我握手的刹那之间，我看见他指甲缝中的泥土。这个肖像，完全符合昔日书页中对西北汉子的肖像描写。但当我走进他的院子，第一眼看见的却是一件与他肖像倒挂的时尚产物——在院子凉棚里，一辆蒙着防尘罩的新卧车，静静地卧在棚子中间。出于探秘的精神本能，我主动询问这位老果农说："这车是你开的?"他敏感地看了一眼自己那双粗大的手掌，憨憨地一笑说："我（额）想开，怕是开不好那东西。这也没啥关系，我（额）的两个娃子都快长大了。"

噢！车是为儿子买的。他的回答，虽然为我解除腹中之疑；但第二个狐疑，又升起在我的心头：这个大山沟沟里的果农，能购买时尚轿车，一年的收入该有多少？这个迷津，我难以启齿询问——但好客的山汉，留下我们在他家午餐时，他主动开了口。他说他一家四口，两个娃子在上中学，他和妻子两口经管的八亩苹果园，去年收入十二万元。这儿的苹果不仅在西北负有盛名，在国内也畅销东、西、南、北、中；去年静宁苹果还远销到国外，创汇一千二百万美元。至此，我才发现我思维的陈旧和落伍，昔日书页上留下甘肃贫寒之说，在改革开放的年代已被大山之腹的农民刷新。

正因如此，我对雷托胜这条汉子，产生了心灵上的交融。我先是离开餐桌，到厨房去感谢了为我们做了满桌美食的雷托胜的妻子；后又在他屋子的墙壁上，观看一家人的合影。最后，我的目光停留在后墙壁上一张接一张的奖状上。这些奖状不是奖给山汉雷托胜的，是静宁中学奖励给他两个儿子的。这两个都是学校的尖子生——老大叫雷立本，老二叫雷鹏飞。多么富有哲理性的名字啊，先“立本”，后“腾飞”，就凭这两个娃子的名字，让我认知了这个山汉，是个大智若愚的人。记得，带我们来静宁的平凉文联主席李世恩，曾对我说起过平凉“地灵人杰”的轶事，其中最让我震惊的是，静宁一些走出大山的娃儿，有的不仅进了清华，北大——有的还到了地球那边，成了美国哈佛大学和麻省理工学院的博士生。老农辛勤山中种树，果实改变了他们的人生；这些大山之腹的土苗苗，正在超越他们的父辈，不仅走出大山，还飞出了国界，让花儿开到大洋彼岸去了。这不是当今大山之腹的“天方夜谭”吗?！为此，我内心燃烧起来，便对憨厚的山汉雷托胜说：

“家里有笔和纸吗?”

“有!”

“我真盼望你的两个娃儿，给咱们平凉的山川大地增光。”我说：“让我给他俩写两句勉励的话吧，但愿能在人生的征途上给他俩增加点勇气!”言罢，我给他的两个山娃，题写下英国作家萨克雷的人生名言：生活就是一面镜子，你对它哭，它也对你哭；你对它笑，它也对你笑。

我的书法十分丑陋，在出访时常常拒绝挥笔。这次之所以主动献丑，实因被这大山之腹的农家感动了。我穿越过生活底层，关注底层的民生的变化，形成我的精神本能。因而当我与雷托胜告别时，激情的泪水涌上眼帘——我既是为大山之腹的农民生活的巨变而动情，更是为山乡人明天的幸福而祝愿。

在归途上，天又下雨了——这不是雨，而是老天为甘肃秀美山川滴落下来的喜泪……

（摘自《北京青年报》2011 年 7 月 9 日）

飞天逐梦醉酒泉

吴基伟

我来的时候月牙儿刚刚泛蓝
成群结队的五色沙簇拥着我
聆听铁马金戈漫过丝路河西
让城下有泉其味若酒的传说
斟满西风古道斟满玉门阳关
诗句清瘦已久
谁的诵读依旧倾国倾城
远方驼铃卸甲起舞
历史，历史还在等我吗

盛唐，盛唐还在怨我吗
祁连山那壁永远不会恋爱的石头
又怎能经得起天若不爱酒酒星不在天的诺言
让边塞诗人轻易醉在踉跄节拍里
这时候大河西去岸边
我在想那些纯朴的戈壁沙漠
怎么把酒喝过千年
把歌唱遍人间
我在读那些远古的飞天梦想
怎么让裙袂艳过霞光，醉过峰烟
在这块曲线优美的土地上
谁说不是
一滴酒就能点燃雄才大略
一粒沙就能唤醒千军万马
一弯月就能激荡汉风唐韵
一捧水就能拯救地老天荒
汉武帝霍去病张骞玄奘嫦娥
绿洲雪域关城佛陀神舟
我一路行吟一路跋涉
在历史的酒劲里千回百转
数万米壁画泼洒的
是漫漫丝路不

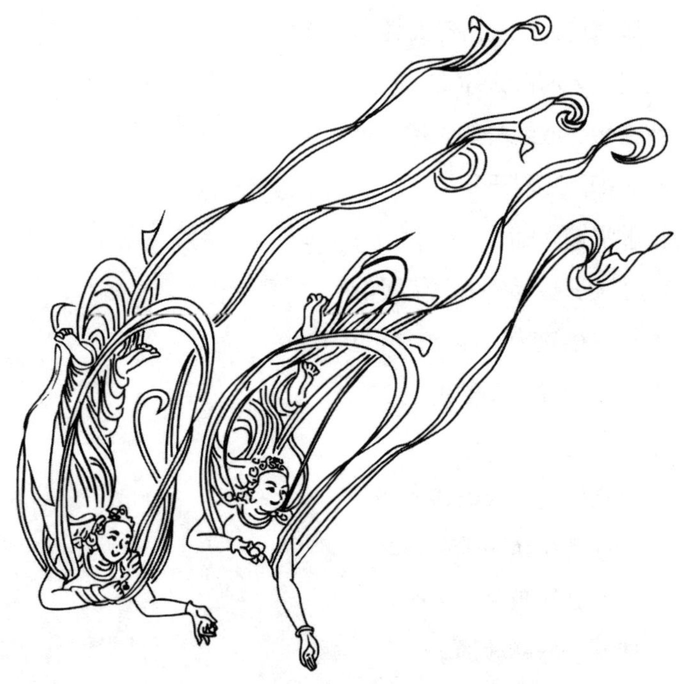

敦煌壁画·飞天

是叩问世界的气象万千
神舟巡天遥看的
是巍巍豪情不
是飞天揽月的豪迈诗篇
风儿匆匆向西向西
唤醒大漠孤烟长河落日
万家灯火里
丝绸之路经济带携春风入关
春雨奔腾而下
早已飞出宋词的那些轻歌那些曼舞
迅速抖落了尘封的胭脂和梦境
出征的豪情瞬间驰骋心胸
虽然至今没有多少人在历史中看见自己
也没有多少人相信
灵魂永远落在了信仰的后面
我们也会期待每一次生命的律动
都将咆哮着越过一年四季越过春夏秋冬
如同今夜月牙泉再次蓝遍天空
疏勒河里一大捧星星迷离着梦境
没有一粒沙粒睡去马蹄声醉
敦煌城里磬声如泉潺潺流淌
你我他在新的进军号角里

见证千年御酒再一次发酵决堤
逐梦时代的酒泉正步履铿锵
大步跨越两千年烽烟

（摘自《民族文学》2014 年第 10 期）

俯仰陇东

马步升

祖先在山上

庆阳城我不知来过多少次了，从少年到现在。少年时，每个冬季的每个周末，跋涉四十里山路，一路虚汗，瑟缩进城，是为了谋生；青年时，一年四季的每个周末，忐忑而来，忧伤而去，是为了爱情。

一个清明节，天落细雨，两山夹峙逶迤南北，雾连天地；两河东西汩汩合流，水锁老城。黄昏之际，百愁难解，忽见东山巍峨，两水一城尽在俯瞰中，不觉心动，慨然摸黑登临。约数小时后，孤立峰顶，寒风吹彻，雪片奔袭，方觉山上山下，气象自然不同。回环四顾，山是独山，人是独人，低头看去，一城灯火，两河如蛇，城南汇流后，小河顿时大水，势已滔滔矣。独人处独山，独对天地城池，却不觉独，先前之孤寂荒寒，竟一扫而走，大化之下有我在，我心已入大化。

此游只是邂逅。日后方知，此乃声名远著之周祖陵，于今数千年矣，华夏根本一脉由此辐射开来。多少年，仰望过多少回，山虽高，却不再高，人虽弱，却有生长之天性。天下没有比人更高的山。而此山乃先祖陵寝，回首如烟往事，了然有悟：树有根，而茁壮，人有缘，而生动。此缘，乃天缘，可遇而不可求，一遇，则缘缘无边。一缘偶结，有缘之人服膺有缘之名胜，真可谓地久天长。此后，只要来庆阳城，哪怕仅半日之暇，必要徒步一游，每游，无论春夏秋冬，心底生出的都是回家的急切与温暖。

祖先在山上。

山，对于人，是一种象征，一种鼓舞，一种挑战，一种关怀。假如山上埋着祖先的魂魄呢，这种情怀大概也是有的。此时，在人面前，山象征着祖先的辉煌伟岸，山鼓舞着后辈一往无前，山是祖先给后辈下达的挑战书，山是祖先投向后辈的默默关怀。

这座被称之为周祖陵的山，站在庆阳城仰望是很高的，威威赫赫，俨然天之一柱。实则不甚高，若真的爱山，若真的敬仰祖先，寻常人都可登临的。上山的方式大约有三种。

一曰：飞车走马式

有钱，有权，有事忙，无事也忙，无闲不闲，有闲不会闲，外观营养过剩，体壮如牛，实则筋软骨酥，一步三喘者。或因礼节陪同宾客，或无事偷得一闲，或忽生风雅之意，乘车或驾车盘山而上。路是盘山油路，大约十数盘，由城中直达山顶。路边梯田片片，荒草丛丛，间或有不知名的鸟儿被车笛惊起，纵入树梢，低声啁啾，似在对车型、车主品头论足。访客在山头盘桓片刻，俯视山川原野，仰观天高云淡，似有所感，又匆匆原路呼啸而下。无冷风之扑面，无热汗之浸身，神游已毕矣。山之于人，全在一个登字，登，是要用脚的，也不排除手脚并用，不登，则不识山之真趣。此游虽失了登山真义，却也可圈可点。手中有钱，有权，座下有车，挥斥有人，而心中仍有山，自然之心仍在，心中仍有祖先，隔三间五，调剂一回，也不失红尘风雅。

二曰：款步拾阶式

原本无阶，新近有阶了。阶是石阶，一步一阶，由县城直达山顶殿宇。优游自在，拾阶而上，向为雅人专利。拾阶，真趣在于拾，不匆，不忙，不急，不促，不愠，不怒，不嗔，不喜，清风为我而习习，野花因我而烂漫，日月何问短长，天地因此永恒。拾一阶，则城低了，我高了，红尘远了，我心静了。人往高处走。走到高处何为？站得高，看得远。确实，拾一阶，试回首，眼前为之一变。到了山顶，平日感到拘谨于一方无边的楼群人海中，放眼一望，城乃弹丸小城，人乃芸芸众生。登山，找到了平日找不到的自己。找到了，好好保存，谨防再次丢失。不过，还得记住：高处不胜寒。海拔每升高百米，气温下降零点六度，这是小学课本中普及的科学常识，大概人人都是记得的。不幸忘了，拾阶上到周祖陵，就记起了。拾阶，拾起的也许是珍贵的人生经验。

三曰：浪漫野游式

有山就有路，有人就有路，山上埋着祖先，通往祖先的路便不会少。还有几条路的，是野路，土路。那是山民下山取水的路，是耕读之路，是进城观光谋生之路。不必走水泥大桥，过了铁索软桥，随便踏上一条土路，都可去山顶的。走每条路都会经过人家，三五家，或一家，哪怕仅一户人家，也需要一条里勾外连的路。会碰上狗的，都是农家土狗，狗会咬人的，它们不往你的身上咬，它们咬天咬地咬空气，嘴对着你，狂吠不休。这是它们的工作，你不必害怕，也无须介意，你不打算闯进它们守护的领地，它们不会真的咬你的。它们的眼睛是雪亮的，不用查路条，对口令，检查良民证，它们分得清过路者和侵犯者。哓哓不休吠你，是给你打招呼，请你自重的。冬季，路边有残雪，有惊霜寒雀，春夏秋季，有野花野果，有鸟儿虫儿，叫声嘹亮。跟着路面走，有时拐上山梁，一目四野，有时钻进沟壑，抬头只有黄土悬崖。走小路的人，要不是讨生活的人，要不是现时现地与生活无关的人。惹两脚尘土，生一身汗泥，外面脏了，里面却净了。外面的脏，用洗涤剂即可清除，里面脏了，保洁手段固然多多，首选却是多出汗。

山与人，其实是朋友和对手的关系，在山面前，人吁嗟呜呼，月旦纷纭，在人面前，山无语，以人语语之。

大地一剪刀

陇东黄土高原是造物主用剪刀剪出来的。在遥远的当年，这里是没有或只有很薄的一层黄土的，举目是一望无际的沼泽地，水丰草茂，气候温暖湿润，大象奔驰，群兽追逐。忽一日，北边的天空黄尘滚滚，一颗颗黄土粒随风飘落地上。不知经过了多么久远的年代，黄土渐积渐厚，覆盖了沼泽水草，气候也干燥起来，整个大地变成了一张土黄色的纸。天空的雨滴打在地上，汇成的径流如一把把刚劲的剪刀，把纸样的大地一页一页分割开来，强大的洪流如利剪，切下去，切下去，划拉出一条条横阔幽深的黄土沟；弱小的涓流在纸一般的大地那里，也是刚劲的，左突右冲，如野马飞驰，将松散的高原又切割地四分五裂；随雨而兴雨停而止的间歇洪流也不甘寂寞，在已经残破的高原肢体上随意挥洒。

经过千百万年的剪裁，如今乘飞机飞越陇东高原，舷窗俯视，陇东高原宛如一幅陇东女人用剪刀剪出来的“花花”。最触目的地貌是被称之为塬和沟的两种。塬是平原，有别于大平原那种原，是高原平原，人在沟里，塬是山，上到山上，塬却是平原。这就是塬。塬有大小，大者如董志塬，方圆两千多平方千米，身处塬中，与大平原无两样。小者仅容一村庄，如六寸塬，四寸塬，听听这心疼的名字，就知道有多大了。这还不是最小的，最小的建一个篮球场已捉襟见肘了，不过，已不可以塬名之的，另一个地形名称便也诞生了：峁。沟与塬类似，宽阔者，百米，千米，不等，也不叫沟，叫川，如马莲河川，固城河川，东川，西川等等，窄狭者，一群羊能顺利赶过去，就不错了。一条川可以把整个高原切为两半，几百里长短，一条大沟可以把一条川切割出来的部分再切为两半，百里、几十里长短不等。剩下的就由小沟、毛沟、洪水冲沟来完成了。

这是大自然的剪刀。

在大自然剪出来的土地上生活的人们，其人生的主旋律似乎也离不开一个剪字。用简陋的劳动工具剪开塬上的土地，剪开黄土坡上的土地，剪开河川的土地，撒上种子，炊烟飘起来，婴儿哭起来，六禽六畜叫起来，生活开始了，历史开始了，文明开始了。

这是人用手中的剪刀对大自然这把剪刀剪出来的作品的修复和享用。

人的最大能力并不在于适应环境，而在于改造环境。在一个地方生存下去的前提是为自己寻找容身之所。在沟畔利用天然地形，把黄土崖剪消齐整，打出窑洞，把平原腹地剪下去，剪出一面四方坑，在墙壁上打出窑洞，人住进去，这就是家了，挡了风寒雨雪，这就是家了。陇东人开凿窑洞的历史真可谓源远流长，早在周先民那里，便“陶复陶穴”，算算，四千年的光景了。如今一些新潮的陇东人也盖起了楼房、砖瓦房，但窑洞还留着，时不时地住进去，享那冬暖夏凉的福。

黄土的颜色看起来枯燥一些，黄土窑洞看起来单调一些，这也不要紧，住在大自然剪出来的土地上，只需一把剪刀，人生便有色彩了。陇东的妇女撂下田里的锄头，安顿了自家男人娃娃，还有猪狗鸡羊，卷起一张红纸，端起一把剪刀，或坐在门前树下，或坐在自家门槛上，或坐在炕头向着如豆一灯，红纸翻飞，剪刀嚓嚓，把对生活的向往剪出来，把对生活的感受剪出来，把人生的苦乐剪出来，把黄土魂剪出来。给人生中一切缺少色彩的地方贴上一朵“花花”，色彩就有了，生活就艳丽了。庆阳民间将剪纸叫花花，听听啊，花花贴在哪里，哪里就四季红花开了。贴在窑洞窗户上的，叫窗花，贴在炕墙上的，叫炕围花，贴在门上的，叫门花，贴在窑顶的，叫窑顶花，贴在箱柜上的，叫箱柜花，贴在粮囤上的，叫粮囤花，贴在纸缸上的，叫纸缸花，还有吊帘花，礼花，寿花，还有刺绣用的底花样，如针扎花、鞋花，鞋垫花。有生活的地方，就有花花，陇东妇女用她们的锦心绣手，把花花贴满了生活。

结婚大喜，寿辰欢宴，用喜庆的花花增添喜庆，谁有病了，谁死了，风不调，雨不顺，一把剪刀剪出招魂的，辟邪的，送病的，疗病的，禳灾的，镇宅的，压惊的，驱鬼的，祈雨的，还有十二生肖，二十四孝，民间故事，戏曲人物，四季花卉，人生命运，阴晴圆缺，悲欢离合，今天明天，尽在一把剪刀中。一手托纸，一手握剪，嚓嚓飞剪中，把握不了的命运把握了，枯燥的生活有趣了，混沌的世界清晰了，浮动的灵魂安宁了。

列宁说过，每一个现代民族中都有两个民族，每一个民族中都有两种民族文化。这话用在陇东人身上也合适。进了学堂的陇东儿女，接受了民族主流文化的教育，没机会读书的陇东儿女，浸淫于乡土文化，培育起来的仍是黄土人的情怀。老一代的女性剪纸艺术家，大多一个大字不识，生活的天地大多没走出过娘家、婆家所在的村子，但她们剪出来的“花花”，上追古圣先贤，下启人伦道德，并且，她们用她们手中剪出来的一朵朵“花花”，伴以她们的乳汁，在担负着对下一代陇东人的身心养育和道德教化。道理很简单，她们就是这样从上辈那里获得了物质的滋养和道德的启迪。她们是传承者，她们是漫漫人世的一个个接力者。把人生的责任接过来，把家族、宗族和社群的命运接过来，把美接过来，接过来，传下去，这就是剪刀人生。

打儿窝趣话

崆峒前山百丈石崖上，嵌一斗大的石洞，上距崖顶有百米之遥，下达崖底亦有三四十米之远，闲人名之曰：打儿窝。崖顶百年松柏虬枝盘结，迎风呼啸，崖底崆峒水库碧波粼粼，倒映蓝天名山。山与天，还有松柏，都在水中，水中却映不出打儿窝来。打儿窝只可仰面在石壁上寻觅。

何谓打儿窝，是说谁把石子扔进石窝里，命中就可生出儿子了。生儿子原来如此简单有趣！

实则趣是有的，却不简单。石窝是嵌于悬崖上，并且凹进去的，窝的上下沿均有突出的岩石遮挡，用力大，石子磕于上沿，用力小，则阻挡于下沿。再说，寻常人将石子扔这么高已属不易，哪有什么准头。但人是需要儿子的，飞石进窝，虽未必能一偿夙愿，讨个吉利，得片时之安慰，也未为不可。

于是，就打儿。当然，窝里已堆满磊磊鹅卵石。可见，虽不算简单活儿，或高手，或幸运儿，世间总是不少的。

石崖下，有无数拳头大小的鹅卵石，也时时有前来打儿的人。不过，有的人是虔诚打儿，有的人则纯属玩笑，呈一技之长，搏一时之欢。我首次登崆峒，时在盛夏，日照石壁，光芒万道。岩下有三名青年女子，在奋力飞石打儿，个个汗出如浆，气喘如牛，而打儿不止。女子气力有限，又未经过必要的飞石训练，石子飞出后，或不着窝门高度，或偏出老远，而且，距目标愈来愈远。三名女子汗浸单衫，身形愈现袅娜，粉面含羞，且有恼的光景，眉眼便更俏丽了，她们的不屈不挠，莺燕娇诧，让名山一时风情万种。那时，我年方弱冠，身当其境，不觉技痒心热，颇有些马思边草鬐毛动的意思。便慨然曰：我替你打！随手拣起一石，一击而中，再击再中，三击三中。拍拍掌中尘埃，扬眉吐气，以余勇可嘉的神情说：一人一个儿子够不够，我乐意帮忙。三名女子脸上都是恼意，一个勉强挤出半边笑脸，轻声说：你打你的，我打我的，这事也好给人帮忙?

那时，我既无成家立业之念，更无养儿之需，纯粹是见景生情瞎玩儿，只想自己童年牧羊时，练就了百步飞石的本领，要在美眉面前显派一下，做件好人好事，博得人家嫣然一笑，呼吸一口芳香足矣，从未顾及过其中隐含的严重的唐突。而人家毕竟是朝拜过崆峒的女子，眼高心宽，不以我之言行为无礼太甚，朱唇轻启间，一场尴尬便随风而逝。

至今想来，登临名山，何止观览风景一点好处，它还可让人的心田洒满阳光呢。

登塔偈语

午饭后，本想睡一回懒觉的。在平凉的日子，整天都在登这座山，逛那个湖，要不就是尽情地品尝各种小吃。现在差不多该看的都看了，该吃的都吃了，我也该歇歇了。不料朋友风火推门而入，说：走，登宝塔去！他看我有磨蹭之意，便一把扯起我说：我知道你不大看重平凉宝塔，去了就明白你的错误有多严重了。

朋友说得对，多少次我从宝塔边走过，却从未登临。我心说，全国多少有名的宝塔我都上去过，也不在乎这一处。宝塔就在市区，说到也就到了。仰头一望，宝塔顶天立地，孤傲独立。阳光披满塔身，黝黑的苔藓在今日的阳光照耀下，散射着幽远的黛色。好似一位饱经风霜参透世事迷茫的长者，面对一心追逐时尚的后辈，在淡然地沉吟着，默祷着。我从未这样用心地观察过平凉宝塔，但在这一刻，我明白朋友说对了，我在平凉宝塔那里犯了严重错误。不过，圣贤有训，过而能改，德莫大焉。

我怀着虔敬的心情登上了顶层。塔下还是闷热天气，上一层，凉爽一层，好似冬天从南往北走，过一条纬度，便要加一件衣服。木质楼梯垂直盘旋而上，脚一移动，橐橐有声，如从远古响起的空谷足音。觉着离地渐行渐远，快要上到传说中的天宫了，忽地眼前一亮，已是身在顶层。试着往檐窗外刚一探，一股凉风恰好揭面而来，只这一下，把好多天的闷热都吹散了，把脚踏实地的人生志向悬空了。如今，离天高，离地也高，在悬空的仅可容身的塔楼里，平日积攒的种种欲望，霎时都托付给独往独来的风了。

随着风，窗口飘进来几只雁子，羽翅歪斜，惊叫声声，看见里面有了不速之客，又斜翅惊叫飞走。飞进长空，雁翅舒缓波动，如鱼儿在水，划出一条条优美的曲线来。四外一望，平凉城尽收眼底，有的高楼应该比塔要高，可看出去，明明比塔低了许多。我不知道这是何种原理，是视觉差，还是观测角度不同，我觉得这都不能自圆其说。我只知道，那一只只小小的雁子，整日高居塔顶，俯视着人间的是是非家长里短。

风从四面窗口灌进来，我与朋友各自紧掩衣襟，乱发如云，脸上布满渗进塔内的阳光，看起来，原来我们才是从远古跋涉而来的旅人。

朋友笑问：如何?

我笑回：如之何，如何之。

朋友又问：如不之，何之如?

我说：何之，何如。

朋友再问：何如之，之如何?

我说：如何之也，之也如何。

于是，相视大笑。

山上有太阳

我曾九上崆峒，起初是慕名而往，继则是为远路的朋友导游，后来便是自去消闲。说起来，崆峒距我也有八百里之遥。我钟情崆峒，并不仅仅为了赏玩山水——山水有什么好玩的，一方山水若无深刻的文化做底蕴，那只不过是好看的山，好玩的水而已。所谓山不在高，有仙则名；水不在深，有龙则灵是也。

崆峒是天下道教第一山，广成子在此修道成仙，黄帝又远涉万里问道广成子，一位大仙，一位大帝，在此晤面之时，面对良辰美景，不觉灵性大发。他们一头扎入了黑白世界。当然，下棋只是一个由头，只是一时的雅兴，在落子声声中，最初的世界秩序和人生格局，就这样形成了。

当然，这是传说。传说往往让世界人生变得扑朔迷离，万分生动。

我们姑且让传说以传说的方式存在，把目光投向史实吧。以秦皇汉武唐宗之雄杰，也曾各自多次登临崆峒，祭天祷地，祝福国运。

这，都是史有铭文的。

我曾纳闷：古今中外特立杰出的人为什么总与山有不解之缘？释迦牟尼放着太子不做，却隐居山林，苦修成佛，立志普度终生；耶稣四方传教，最后被钉死在各各他山上；传说中的玉皇大帝后来也遁迹山中；拿破仑挥百万雄师，横扫欧洲，当爬上阿尔卑斯山时，胸中的自豪感才油然而生，说了一句让马克思都很感兴趣的话：我比此山还高；诸葛亮出道于卧龙冈，魂归于定军山，终其一生都离不开山。

大概山可以藏形，也可静观局变，当手握天下时，一跃登山，山，又可衬托威仪了。不仅如此，中国的一句大俗话道出了人文历史的一个绝大机密，这就是：站得高，看得远。迷在局中的需要登高望远，挣脱迷局；出了迷局的，需要凭高俯瞰，为别人挥斥迷雾。山顶与太阳的距离总比山下近些。他们死后，后人也宁愿把他们供奉在山上，便于人们凭吊高处的他们。崆峒山也从未寂寞过，从登山的阶梯可以窥探出人们为了登山是如何的不遗余力。百仞石峰，垂直上下，数千年间，硬是凿出一道通天石阶，一天门，二天门，三天门，循阶而至玉皇极顶，登临一山，似乎就登上了理想中的天了。当天上的太阳照在山顶时，山顶的阳光似乎就是天上的那颗太阳。

前几年，崆峒玉皇顶上曾大修太极殿，这样高这样陡的山，又是这样浩大的工程，建筑材料如何搬得上去？前来朝山的香客，无论老少妇幼，在登山时，都自觉自愿地从山下携带两块石砖，人上山了，石块也上山了；一位老太太，形容枯黄如晚秋的落叶，上山时也坚持怀揣两块砖，一步一挪，趔趄到山顶；牧羊人的办法更绝，他们赶着一群羊，给每只羊身上绑两块砖，羊身负石砖吃草上山，到山顶卸了砖，又吃草下山，又负砖吃草上山，一趟又一趟。当大殿竣工时，每只羊身上都勒出两道血槽。

人为了精神获得安慰曾付出过、和继续付出着多么大的肉体代价。在塔尔寺我见过年逾古稀的老太太，沿大金瓦殿一步一个等身礼，一遍又一遍，一天又一天，一月又一月，艰难地俯身下去，又挣扎着爬起来。大殿里传来的辉煌的诵经声使她苍老的面容上，唯有两只眼睛迸发着太阳般的光芒，经轮旋转，她的热血也在淙淙奔流。

置身崆峒太极殿外，极目远眺，头顶的太阳依然高高在上，而眼下泾河两岸山峦却如随手扔出去的鹅卵石，渺小而苍白。登上山顶的人依然没有成为光照万物的太阳，但却有了太阳般的眼界，哪怕只是一时一刻。人的精神力量是无比巨大的，其力量之源便是那拳拳之心，一个人当心有所属的时候，便满目阳光灿烂，周身活活生动。

谓余不信，试登崆峒看看？

阳光灿烂大顺城

华池是个县名，位于庆阳东北，与陕北接壤，属黄土高原陇东残塬沟壑区。华池，听听这名字，那个靓！县城在柔远镇。柔远，还是个靓！

先别玩虚的，今天阳光灿烂，我们去一趟大顺城看看。华池是个古地方，20 世纪 20 年代，法国传教士桑志华在这里挖出了中国第一件旧石器，立即轰动了全世界。此前，国际考古界认定，中国北方黄土地区没有旧石器时代文化遗迹。大顺城是宋朝的遗迹。天下事天下人做，天下人做天下事，有些人因事而名，是为名人，有些事因人而名，是为名事。华夏名城多多，大顺城本该寂寂无名，却因筑城者为名人，大顺城亦为名城。筑城者谁，名人范仲淹也。古人论人，考究的是德言功，一个人，或以德高为范，或以言行于世，或有功于社稷，得其一，便足以不朽了，德言功三位一体者，少之又少，幸而兼之，使非圣即贤了。范仲淹其人，论德，为爱国爱民之楷模，论言，为文章圣手，论功，才兼文武，功高一代。大顺城便是其功劳之一。时，宋辽夏三国已争锋近百年，宋渐处下风。在西北，西夏兵势强劲，宋损兵失地，边关频频告急。仕途艰难的范仲淹临危受命，先辅佐大将韩琦经略陕西，后自请兼知延州，仅一年，面貌大有改观。谁料，好水川一战，宋军全军覆没，范仲淹遭贬月余，又被起用为庆州知州。这里是抗夏最前线，也是最要紧之地，庆州不保，大宋江山西北半壁将非其所有。

庆州，即今庆城，一城而控二川。西川为环江，一条狭窄的河谷，过山城堡，直抵西夏首都兴庆；东川为柔远河，沿河谷北上，过长城，直插鄂尔多斯腹心，可威胁西夏侧背，这是一块谁也丢失不起的要地。刚遭新败、新贬的范仲淹并未气馁，一到任，经精心考察，给朝廷上奏“攻守”二策。攻者，收复失地，守者，筑城屯兵，以为长久之计。几处战略要地夺回后，便指挥数千军士在马铺寨抢修大顺城。马铺寨原为一座可容纳百人的土围子，西为老爷山，东为子午岭，紧靠秦直道，为三路要冲。前为西夏攻占，庆城以北华池一路，宋军陷于被动。此番收复，全军不敢怠慢，经过十昼夜奋战，一座周长 3500、高 5 至 6 米，顶宽约 2 米的黄土城便拔地而起。全城以中间一道山渠分为南北二城，中间一道城墙又将其分为东西两城。吊桥勾连，四门遥相呼应，城中攻防战具、生活设施，一应俱全。又在城下大顺川，筑起一道土坝，设立水寨，护卫城东南北三面，使本来险要的大顺城更加易守难攻。

从提供的数据看，大顺城似乎并不威风壮观。其实，纸上得来终觉浅，绝知此事要躬行。大顺城依地势而建，城基居于一座独山之巅。独山夹于二川间，河水下切，山头威耸，一切一耸，境界全出。大顺城刚竣工，宋朝军民还在欢庆中，好似要检验此城的实战能力，元昊亲率三万大军来夺，范仲淹稳坐中军帐，从容应对，元昊大败而走，自知非范敌手，一年后，宋夏议和。宋军有了大顺城据点，此后，在长达数十年的宋夏攻防战中，西夏没占到什么便宜。

且不说大顺城的事了，城址还在，有心者自可亲临观摩。一千个人就有一千个哈姆雷特，一千个人就有一千个大顺城。人在读城时，城也在读人，上士闻道，遵而行之，下士闻道，大笑之，原也不是什么了不得的事。范仲淹守边期间，所作律诗共6首，词一首，其中有一诗一词作于华池。诗为《城大顺回道中作》，如下：

三月二十七，羌山始见花。

将军了边事，春老未还家。

词便是那首著名的《渔家傲·秋思》，如下：

塞下秋来风景异，

衡阳雁去无留意。

四面边声连角起，

千嶂里，长烟落日孤城闭。

浊酒一杯家万里，

燕然未勒归无计。

羌管悠悠霜满地，

人不寐，将军白发征夫泪。

于诗，于词，在此不劳评价了，任何真诚的评价，都没有文本来得实在。说大顺城是名城，是有切实的证据的。筑城者是名人，应当无异议，给城亲自赐名、亲笔题名的是当朝天子宋仁宗赵祯。在中国几千年历史，数百名皇帝中，宋仁宗不算是大有作为的皇帝，可他算得上有名的皇帝。大顺城还引出了一位名人，他就是在中国思想史上占有重要地位的学者张载。大顺城落成，大宋西北边疆形势为之一变，张载才情勃发，欣然命笔，写了一篇碑文。行走天地间，眼中得来，必随眼中模糊、消隐，而心中所见，方可与人生相伴随。张载名文，为大顺城之心得，有心者，不可不顾焉。兹抄录于下，供同好雅赏。

庆州大顺城记

兵久不用，文修武纵。
天警我宋，羌蠢而动。
恃地之疆，谓兵之众。
傲侮中原，如抚而弄。
天子曰：“嘻，是不可舍，
养奸纵残，何以令下？”
讲谟于朝，讲兵于野。
鲵刑斧诛，选付能者。
皇皇范侯，开府于庆，
北方之师，从立以听。
公曰：“彼羌，地武兵劲。

我士未练，宜勿与竞

当避以强，徐以计胜。

吾视塞口，有田其中。

贼骑未近，卯横午纵。

余与连壁，以御其冲，

保兵储粮，以俟其穷。”

将吏曹掾，军士走卒，

交口同辞，乐赞公命。

月良日吉，将奋其旅。

出卒于营，出器于府，

出币于帑，出粮于庾。

公曰：“戒哉，无败我举，

汝砺汝戈，汝凿汝斧。

汝干汝诛，汝勤汝与。”

既戒既严，遂及城所。

索木箕土，编绳奋杵。

敌骑之来，百千其伍。

自朝至暮，众积我倍。

公曰：“无哗，是亦何害。

彼奸我乘，及我未备。

势虽不敌，吾有以恃。”

爰募强弩，其众累百。

以城而阵，以坚以格。

戒曰："谨之，无斗以力。

去则勿追，往终我役。"

贼之逼城，伤死无数，

谟不我加，因溃而去。

公曰："可矣，我功汝全，

无怠无遽，城之惟坚。"

劳不累日，池埤(音 pi)以完。

深矣如泉，峭焉如山；

百万雄师，莫可以前。

公曰："济矣，吾议其旋。"

择士以守，择民而迁。

书劳赏才，以铁以筵。

图列而上，荐闻于天。

天子曰："嗟！我嘉汝贤。"

赐号大顺，因名其川。

于今于汤，保之万年。

文章圣手，圣手文章，大手笔写大功业，大顺城益增其大。文中是夹杂着一些时代语言的，当年的死敌，如今的兄弟，其中的幽微当然还须我们明察。范仲淹是先贤，夏王李昊也是先贤，各自的魅力都是后人所敬仰的。地上是先贤构筑的足迹，天上是先贤沐浴过的太阳，时当盛夏，今天的太阳一派灿烂，天地明媚，群山静默，绿树掩映，老城新妆，把古今熔为一炉，把日月汇入风景，乘兴一游，乐何如之。

（摘自《延安文学》2010 年第 1 期）

定西笔记（节选）

贾平凹

在我的认识里，中国有三块地方很值得行走的，一是山西的运城和临汾一带，二是陕西的韩城、合阳、朝邑一带，再就是甘肃陇右了。这三块地方历史悠久，文化淳厚，都是国家的大德之域，其德刚健而文明，同样的命运是它们都长期以来被国人忽略甚至遗忘。现代的经济发展遮蔽了它们曾经的光荣，人们无限向往着东南沿海地区的繁华，追逐那些新兴的旅游胜地的奇异，很少有人再肯光顾这三块地方，去了解别样的地理环境，和别样的人的生存状态。

我是从农村走出来的，生命里或许有着贫贱的基因吧，我喜欢这几块地方。2010 年 10 月，我萌生了驾车去陇右的行走计划。

去漳县的路上，进村去吃午饭，村民很好客，竟有三四个人都让到他们家去，后来一个人对一个老汉说：我家是兰州的，他家是北京的，你家是西安的，西安来的客人就到你家吧。我们觉得奇怪，怎么是兰州的北京的西安的？到了老汉家，老汉才说了缘故，原来这村里大学生多，有在兰州上大学的，有在北京上大学的，他家的儿子在西安上过大学。我们就感叹这么偏僻的小村里竟然还出了这么多大学生。老汉说：娃娃都刻苦，庙里神也灵。我问：是前边土崖上庙里的神吗？他说：每年高考，去庙里的人多得很，神知道我们这儿苦焦，给娃娃剥农民皮哩。我夸他比喻得好，老汉便哧哧地笑，他少了一颗门牙，笑着就漏气。可是，当我问起他儿子毕业后分配在西安的什么单位，他的脸苦愁了，说在西安上学的先后有五个娃，有一个考上了公务员，四个还没单位，在晃荡哩，他儿子就是其中一个。县上已经答应，这些娃娃一回来就安排工作，但娃娃就是不回来。供养了二十年，只说要享娃娃的福了，至今没用过娃娃一分钱，也不指望花娃娃的钱，可年龄一天天大了，这么晃荡着咋能娶上媳妇呢？老汉的话使我们都哑巴了，不知道该对他说什么好，就尴尬地立在那里。还是老汉说了话：不说了，不说了，或许咱们说话这阵，我娃寻下工作了，吃饭，吃饭！

这一顿饭吃得没滋味。

离开老汉家的时候，巷道里有五个孩子背着书包跑了过去，这是去上学的，学校离这个村可能还远。小吴说：这五个学生里说不定也出几个大学生哩！而我却想到另一件事：越是贫困的农村越是拼死拼活地供养孩子们上大学，终于有了大学生，却耗尽了一个家，也耗尽了一个地方，而大学生90%再不回到当地，一年一年，一批一批，农村的人才、财物就这样被掏空……

在安定、陇西、通渭，甚或渭源，经过了多少村庄，村庄里走进多少人家，说得最多的就是太阳和水。太阳高挂在天上，水在地上流动，这里的人想着办法要把它们捉到家来，这就是太阳灶和水窖。

这里是极度缺水的，年降水量仅40毫米，而且集中在6月至9月，也就下两三次雨。地方志讲，历史上定西是富饶的，当年的伯夷叔齐不愿做皇，又耻食周粟，就是沿着渭河岸边的泽水密林到首阳山隐居的。天气的变化，使定西逐渐缺水而改变了地理环境。我曾写过一篇天气的文章，认为天气就是天意，天意要兴盛一个国家就风调雨顺五谷丰登，天意要灭亡一个王朝就连年干旱或洪水滔天，而天意要成就中国的黄土高原，定西便只有缺雨。黄土高原，漫延到陕西的北部，那里也是严重缺雨。我曾在铜川一些村子待过，眼见着村里人洗脸都是一瓢水在瓦盆里，瓦盆必须斜靠着墙根才能把水掬起来抹到脸上，一家大小排着洗，洗着洗着水就没了，最后的人只能用湿毛巾擦擦眼。如果瓦盆里还有水，那就积攒到大瓦盆里，积攒三四天，用来洗衣服，洗完了衣服沉淀了，清的喂鸡喂猪，浊的浇地里的蒜和葱。而三里五里，甚或十里的某一个沟底有了一眼泉，泉边都修个龙王庙，水细得像小孩在尿，来接水的桶、盆、缸、壶每天排十几米长的队。铜川缺水，铜川沟底里还偶尔有泉，定西的沟里绝对没有泉，在3月到9月的日子里，天上突然有了乌云，乌云从山梁那边过来，所有的人都举头向天上望，那真正是渴望，望见乌云变成各种形状，是山川模样，是动物模样，飘浮到头顶上了，却常常只掉下来几颗雨点就又什么都没有了。他们说：掉了一颗雨星子。这话没夸张，确实是一颗雨星子，这颗雨星子最好能砸着自己的脑袋，或者，能让自己眼瞧着砸在地上，哧地冒出一股土烟。

于是，定西人就创造了水窖。

在地头上，我们随时都能看到水窖，那是在下雨天将沟沟岔岔流下来的水引导储入的，这些水可以用来灌溉。定西的土地其实很老实，也乖，只要给灌溉一点儿水，苞谷棒子也就长得像牛犄角。而每户人家的吃呀喝呀洗呀涮呀的生活用水，则是在房前屋后建有水窖。水窖的大小和多少，是家庭富裕日子滋润的象征，这如城里人的住房和汽车一样。我打开过一户人家的水窖帮着汲水，那像打开了一个金银库，阳光从水房的窗子射进来，正好射在水面上，水呈放着光亮，光亮又返照在水房墙上，竟有了七彩的晕辉。我用瓢舀了一下，惊讶于水是那样清。主人说下雨时收了水到窖后，水是灰的浊的，要沉淀了，捞去水面上的树叶草末、鸡屎羊粪，这水就可以常年饮用了。我说：窖里的水是固定的死水，杂质即便沉淀后不是仍会生成一种臭味吗？他们说：黄土窖没味道。我说：黄土窖没味道？这就怪了！他们说：哈，就这么怪！

上天造物，它就要给物生存的理由和条件，在水边的吃水里的东西，在山上的吃山里的东西，如果定西缺水，做了水窖水又容易腐败，哪里还会有人去居住呢？

（摘自《人民文学》2011 年第 5 期）

山水陇南

娄炳成

陇南没有大漠驼铃，没有铜车马，霍去病和边塞诗。但有从不怨恨杨柳的羌笛，春风第一时间就绿了枝头。

陇南，展现着北国的雄奇，同时又彰显着南疆的旖旎。男人的山，胸怀大千世界。女人的水，涵养芸芸众生。

陇南是山的国度，仇池山、大堡子山、祁山和阴平山，庄严着人文始祖秦人故国，不朽的三国故事演义至今。陇南是水的泽国，嘉陵江、西汉水、白龙江和白水江，羌民的后裔在岷江畔高歌，氐人后代在白马河边舞蹈。诗圣杜甫曾经在这里驻足，留下了同谷七歌凤凰台诗，他寄情过的山叫作飞龙山，他歌咏过的水叫作青泥河。

陇南更是路和桥的对接地，茶马古道三百八十座索桥，彩练般连接着古丝绸之路，把大西南大西北结为姻亲。

海拔高处连接甘南大草原，峡谷里生长着油桐和棕榈，夏无酷暑，冬天里没有严寒，绿油油的蔬菜刷新了四季。百乡千村稻花香里说丰年，苍山林海茶农庭院品香茗，依稀但见白云生处有人家，极目之处碧波荡漾走渔舟。地中海的橄榄树扎根这里，丝毫没有移民带来的自卑，郁郁葱葱，挂满青果红果，多情地招展在白龙江沿岸。

一位叫作李四光的人说过，陇南是块复杂的宝贝地带，半个世纪之后，陇南随着它的铅锌矿产而走向世界。岷归纹党黄芪和洤水大黄，从陇南堂皇走进本草纲目，走出大山又走向大江南北，悬壶济世的锦旗挂满神州。大熊猫银杏树这些活化石，金丝猴蓝马鸡和大鲵小鲵，楠木红豆杉白皮松白桦林，破译着大自然神奇的密码。婴儿手指般的五爪山野菜，珍稀的白蕨黑木耳白木耳，香菇猴头羊肚子菌牛肝菌，那是玉皇大帝御厨的天物。

一百八十余座水力发电站，星罗棋布在大小江河之上，招惹得南来北往的诗人们，再度吟哦疑是银河落九天。茶马古道上已经汽笛声声，现代化大桥收藏了古索道，高速公路连成了张张大网，支线飞机鸟儿般自由翱翔。

古老的秦陇文化巴蜀文化，深深根植在这片热土地里，乡土乡音乡情包裹着乡俗，如同封存千年的坛坛老酒。

陇南是秦巴山区的老寿星，陇南是长江上游的小村姑，这里有讲不完的历史故事，这里有说不尽的时代新话。

陇南的天空永远蔚然湛蓝。

陇南的大山永远苍翠碧绿。

陇南的江河永远奔流欢腾。

陇南的人民永远幸福满满。

（摘自作者新浪博客 2017 年 7 月 1 日）

临夏印象

辛苦快乐

朋友说，临夏神奇，临夏人更神奇，勤快，聪明，做生意走遍四方，过去在西藏、新疆的好多地方，到处都是做生意的临夏人，甚至人们只知道有临夏，而不知有甘肃、有兰州，可见临夏的知名度之高。这让我觉得，实践是最好的学习。此去临夏，略记印象。

甘肃省会都市圈的一翼之城

临夏古称河州，是甘肃省一个少数民族自治州，也是全国有名的贫困地区。

十多年前路过了一次临夏，简单从城边穿越而过，几乎没有留下什么印象，只是在路边一个牌坊上看到了费孝通先生赞誉临夏的题词“东有温州、西有河州”。

在我过去的理解中，临夏好像离兰州很远。此去临夏，汽车在高速公路上行驶，一个小时过一点点就到了临夏，才明白临夏离省会兰州很近很近。用现代城市经济圈的眼光来看，临夏实际就是兰州一小时都市圈的城市。

拿兰州为圆点来看，右上方一小时圈内是白银市，左下方一小时圈内是临夏州，一左一右，两星捧月，三地交融，共同撑起了甘肃的中部。

在现代交通条件下，加上以后铁路交通的贯通，临夏与兰州将会联系更加紧密，临夏应该越来越成为兰州的后花园。

占祖国面积万分之一的世界名县

这个县就是临夏州的和政县。过去，只听过名字，其余一概不知。

我从百度上搜索，首先看到一个信息，和政县面积 960 平方公里，让我联想到祖国的面积，刚好占了万分之一，这是一个多么奇妙的存在啊。

和政县山美水美，更有着令人惊叹的世界级的奇妙。

参观和政古动物化石博物馆，我完全震惊了。这片土地原来还是“化石王国，世界和政”。

和政及周边区域，是亿万年前远古动物繁衍生息的乐园。绝种了亿万年的物种，在这里“复活”，使和政成为世界的和政。

在和政古动物化石博物馆里，陈列着“六个世界之最”：一是世界独一无二的和政羊化石，名之为羊，实际上不是羊，而是古老的一种马，解说员特别解释说，这也是美国国宝什么动物的祖先；二是世界最大的真马化石，埃氏马化石；三是世界最早的披毛犀头骨化石；四是世界最大的鬣狗化石，巨鬣狗化石；五是世界最大的三趾马动物群化石；六是世界最丰富的铲齿象头骨化石。

我心里想，有此六宝，和政足以动人了，但和政的动人又不限于这些，还有许多许多。

只可意会不可言传的松鸣岩

看了和政，我理解了一个意思，物的大小、分量，不在于概念和指令，哪在于什么呢，应该说是价值，而且是恒久不变的价值。

和政是低调的，它拥有的六个世界之最是低调的，松鸣岩是低调的，每一片土地都是低调的。

越是低调的贵族越是高雅，越是无声的语言越是珍贵。当然，咱们的社会，不需要贵族，但需要珍贵。

我无法描述松鸣岩，但我理解了松鸣岩。

松鸣岩始终在沉默着，但又在无声地诉说着，松，岩，这是松鸣岩的精彩，但更精彩的在于，二字之间的鸣字，我虽然无法听到鸣之声，但我的感觉告诉我，在松和岩之间，有一种用心去听的协奏曲，那就是松之声，岩之声，鸣之声。

一个人到了松鸣岩，才可能有这种体会。松鸣岩，它没有炫耀自己的羽毛，但美丽属于松鸣岩。

故事是讲出来的

雨中，大地和生命更加亲切，人气和地气融为一体。

路过和政县的一个地方，我们在雨中看了一个号称花海的地方，那是一个非常非常平淡的山脚下，里面的大多数花已凋谢，但凋谢的花仍然有点看头，在凋谢中坦然着生命。

朋友说，这就是前几年著名的“鲁冰花的故事”，名不见经传的四亩左右土地，却神奇地引来了无数游客，他们大都希望而来，失望而归，但仍有人源源不断涌来，甚至让更高级的地方领导和专家也频频提及，真是绝妙。

看着那雨中积水的土地，我从朋友们的说话中听出了一点门道，虽然那块花地很小很不以为奇，但通过花的形和色，加上特殊的自媒体的展示，那块花地的故事已经成为故事中的故事。

在我觉得，那花海大小已经无关紧要，紧要的在于这一巴掌大的地方，怎么变成了一个可爱的故事。继续演绎这个故事，本身就是一个耐人寻味的故事。

花儿之城

这样说来，临夏的确是一个花儿之城。

我也觉得，对临夏的描述，或者对临夏的定义，用“花儿之城”再准确不过了。

像鲁冰花这样的自然之花不用说了，就自然之花而论，临夏毫无疑问是一个大花园。

最著名的是牡丹了，大夏河畔，牡丹竞相怒放，争奇斗艳，人说“牡丹随处有，胜绝是河州”。河州牡丹，是盛开在高原的绝美风景。

而且，我早就听说过，临夏有个全国甚至世界独一份的“花儿”。

临夏是民歌“花儿”的发源地，被誉为“中国花儿之乡”，莲花山花儿会、松鸣岩花儿会是国家级非物质文化遗产，也是世界级非物质文化遗产。

我没有机会实地体会过，但可以简略地想象，花儿是多美的一种歌唱艺术，当每年有成千上万的人汇聚在一起，穿着民族服饰，打着花伞，唱花儿、听花儿的时候，那是多美的一道景观。

在临夏，还有一朵更为特别的花，我权且称之为“开水花”。

临夏回民喜欢喝春尖茶，泡茶要用滚开的水，火上，壶中，水开了，滚得像牡丹花一样，他们谓之牡丹花开水。

过去，他们出门在外的话，都要在行李中带上一个或铜或铁的烧水壶，用来烧出像牡丹花一样的开水。

我看到一个铜壶，壶身下部本身就设计了一个小锅炉，出门在外，烧水泡茶，也是一种辛苦中的享受。

八坊十三巷

这里是临夏的城市记忆，是临夏最浓重的味道。

清真寺、古建筑、各种民俗、特色餐饮荟萃于青色砖雕、铜黄色灯光的辉映之中，展现出一个砖雕的世界，一个民俗的世界，一个美食的世界，把人带入古代临夏的繁华。

历史记载，唐朝时候，随着丝绸之路的打通，有大量的西域商人来到临夏，带来商旅的繁华，使临夏成为著名的茶马互市。后来，这些人大多定居下来，繁衍生息，代代相传，聚成了八个清真寺为标志的十三条巷子，这便是八坊十三巷。

我记不清那些名字，大旮巷、小南巷、坝口巷、北巷等等，但记住了里面的伊斯兰文化风情，记住了古临夏的繁华。

如今，经过保护性的开发打造，八坊十三巷成为临夏的文化旅游新地标，自然也成为临夏的历史符号和文化记忆。

这使我感到，在很早很早的时候，临夏就是一个国际城市了，对于这种开放融通的国际性，真是值得倍加珍视和爱护。

因为八坊十三巷，跟河州一样，八坊也成为临夏的一个别称，还有一个相关的称呼，叫“西部旱码头”。

在我的眼里，八坊十三巷不仅属于临夏，也属于甘肃，属于西北，透过八坊十三巷这个窗口，我们看到的也是甘肃和西北昔日的繁华。

城郊农家乐的“四大名菜”

跟许多城市一样，临夏的城郊也有不少的农家乐。

我们参观了一个村子的农家乐。从停在村里的各色小汽车就可以看出，生意是非常火爆的。

我们没有吃，只是看了看。听朋友介绍，这些农家乐都是大众化消费，菜品简单，消费实惠，其一个引人之处，在于家家户户都有的“四大名菜”。

我们猜了猜，但真是猜不出来。

听朋友介绍，这里的所谓“四大名菜”，一是炒洋芋片；二是肉沫粉条；三是酸辣白菜；四是虎皮辣子。虽然菜名大家都耳熟能详，但关键在于地道的味道。

把大众的菜称为名菜，这听起来似乎是一个玩笑，但让我更读懂了临夏，更亲近了临夏，这是一个名副其实的美食之城。

临夏的美食还有许多，我把听到的罗列出来：锅盔，发子面肠，河州包子，酿皮子，三泡台，馓子，手抓羊肉，清汤羊肉，糖包子，甜胚子，等等。

估计把临夏美食一一吃遍，非得住上几天不可。

永靖县的宝贝

黄河、洮河、大夏河交汇在永靖县城上游，由刘家峡水库大坝拦腰截住，形成高原平湖的奇丽景观。

在干旱缺水的黄土高原，见到这样偌大的水面，令人不得不连连称奇。

这便是永靖县的第一样宝贝了。黄河在峡谷中流过，构成跟长江三峡可以媲美的黄河三峡，刘家峡水库是新中国建设的当时规模最大的水电站，永靖因而也被称为“中国水电工业的摇篮”。

我们没有去看，但还了解到了永靖的另外两个国宝：恐龙国家地质公园和丹霞国家地貌地质公园。

在永靖县发现的恐龙，因在世界上已知植食性恐龙中牙齿最大而闻名，被称为“兰州龙”。

永靖丹霞为白垩纪紫红色细砂堆积而成，年代久远，价值独特。

永靖还有绝世的人文宝贝，著名的炳灵寺石窟，石窟开凿于悬壁之上，建于西秦，佛雕、壁画神奇动人，被列入世界文化遗产“丝绸之路”中。

在这片土地上，还有草莓、珍珠西红柿、黄河大鲤鱼等大自然的馈赠，也是永靖卓尔不群的重要标志。

刘家峡水库之下，临近永靖县城的地方，黄河水面宽阔平静，人称太极湖，湖边的陆地称为太极岛，水美地美，成为乡村旅游的聚居地。粗粗看了太极岛后，心里猛地有一个想法，这片区域能不能打造成北方的鼓浪屿，让永靖的山水更显风采、更具吸引力。

（摘自简书 2018 年 7 月 22 日）

九色甘南香巴拉

袁培德

我又一次去了甘南，距离上一次去甘南已经快 10 年了。

我和甘南有一种说不清的情结。在这里，目所能及之处都被九种颜色所占据，活力的红、尊贵的紫、神圣的黄、深邃的蓝、生态的绿、纯洁的白……每一种都深深地吸引着我。我挂念她，是因为黄河中华民族母亲河首曲的风采；是因为古丝绸之路唐蕃古道的黄金通道；是因为中国藏传佛教格鲁派六大宗主寺拉卜楞寺的雄伟；还有“三河一江”流域甘南藏族各具特色的民俗风情，我甚至怀疑自己的前世是否就是藏族人，去甘南感觉就是去朝圣，犹如精神世界的一次洗礼，也许这就是一种缘分吧！

郎木寺瞻大佛

郎木寺距兰州400多公里，在甘肃、四川、青海三省交界处，秦岭西端与阿尼玛卿山交会之地，海拔约为4000米左右。郎木寺，是甘南藏族自治州碌曲县下辖的一个小镇。一条小溪从镇中穿流而过，小溪虽然宽不足2米，却有一个很气派的名字“白龙江”，藏语的意思为“白水河”。小溪的北岸是郎木寺，南岸属于四川若尔盖县，甘肃这边的“郎木寺”和四川那边的“格尔底寺”在这里隔“江”相望。一条小溪分界又联结了两个省份，融合了藏、回两个为主的民族和平共处；喇嘛寺院、清真寺各据一方地存在着；晒大佛，做礼拜，小溪两边的人们各自用不同的方式传达着对信仰的执着。

郎木寺创建于公元1748年。其创始人即第一任赤哇嘉参格桑，他十一岁受戒出家，二十七岁前往拉萨学法，投拜名师潜心学法，成为出类拔萃的大学者，年届五十五岁时，任西藏噶丹寺赤哇八年，其间，他广弘讲说。辩论、著书立说，功绩卓著，声名远扬，倍受僧众崇敬。公元1747年，年届七十岁的他应家乡人民再三请求，经第七世达赖喇嘛格桑嘉措的允准返回故里弘扬佛法，即创建了郎木寺院。嘉参格桑活佛于公元1756年9月5日两手合掌、跏趺而坐，示现圆寂。之后，郎木寺历世活佛继承弘扬第一世赛赤活佛的弘法大愿，个个致力佛性修炼，学问通达，业绩显赫，在整个甘南藏区乃至世界佛教界影响深远。郎木寺经过历世活佛，前后有七十任赤哇，1958年时僧人已经多达500余名，是安多地区闻名遐迩的大寺院之一。

每年春节过后，这里各大寺院都要举行一系列宗教庆典活动。自农历初八起，每日寺内都要做道场、洒圣水、亮宝、放生；正月十三，晒大佛把庆典推入高潮；正月十四辩经、法舞跳神（演藏戏）；正月十五举办酥油灯花会；正月十六转香巴。

听房东讲，“郎木”藏语为仙女之意，寺院山上的洞中有岩石酷似亭亭玉立的仙女，民间传说为仙女所化，故名此藏佛寺为郎木寺。

藏历年郎木寺的宗教庆典活动中，最隆重的要数正月十三的晒佛仪式。

这天拂晓，寺院里的僧人早早将晒佛台和做法事的广场清扫干净，远近的藏族群众迎着风雪络绎不绝地赶来。他们个个都身着节日盛装，小伙子头戴毛皮帽，腰佩藏刀，足登藏靴，跨着高头大马；姑娘们从头到脚缀满饰品，其中镶有巨大的天然宝石，令人瞠目。据当地人介绍，藏族妇女身上的饰品价值最多的要上百万。

还有一些从远方牧区赶来的藏族群众，他们裹着老羊皮袄，怀里揣着风干牛肉，一路磕着长头来到这里。尽管风尘仆仆，满脸尘垢，但疲惫之下却透着庄重和欢愉。

他们先到寺院转经轮，然后到每处殿堂的每一尊佛前一一礼拜，献上哈达，给每一盏酥油灯添上油，口中念着六字真言：

甘南

“嗡嘛呢叭咪吽。”

这时晒佛台的周围已挤满了虔诚的信徒。大约上午 10 时，一阵号角鼓乐响起，几十个喇嘛抬着巨大的佛龛从寺内鱼贯而出。

人群开始骚动，人们纷纷涌向大佛，大佛被两旁的信徒们簇拥着走向展佛台。

在阵阵法号声中，佛像在晒佛台上缓缓展开，上面覆盖的红黄绿紫蓝五色丝帐被徐徐揭开，巨大的释迦牟尼佛像展露出来。此刻所有朝佛的藏族群众均已跪拜。接着开始敬佛法事，活佛主持诵经仪式，专司其职的喇嘛装扮成虎在佛台下舞蹈。执棒喇嘛在场边巡视，维持秩序。藏族群众则向晒佛台抛献哈达。

整个展佛仪式大约持续一个小时，气氛庄重而热烈，场面宏大而壮观。即将结束时，藏族群众蜂拥上前，争相触摸佛像，并不断地朝佛像叩拜。一时间场地上人头攒动，尘土飞扬。不一会儿台上的丝帐开始慢慢合拢，台下的藏族群众也渐渐安静下来。人们目送着，簇拥着佛像回寺。

西仓寺看亮宝

离开郎木寺我们一行前往下一个目的地西仓寺，郎木寺到西仓寺中间距离约七八十公里。我们的汽车在雪山间奔驰、冬日的白雪覆盖了草场，牛羊成群结伴漫步在冰雪之上，车窗外不时有身着盛装的藏族群众载着家人的摩托车呼啸而过，仿佛一团团的彩云在我们的眼前飘过，我们一起随着牧民的朝圣之路前行。

西仓寺位于碌曲县东大约十公里处，它创建于1839年，是在当地原有的几座小寺院的基础上扩建而成，西仓寺虽为拉卜楞寺子寺，学院学规、节日法会活动大都和拉卜楞寺相仿。

但是，正月十四的“亮宝节”是西仓寺独有的，也是我六上甘南都无缘朝见的一个活动，直到第七次踏上甘南的这片土地，才有幸一睹“亮宝节”的风采。

所谓的“亮宝节”就是每年农历正月十四在位于甘南州碌曲县的西仓寺举行盛大的部落巡游及亮宝活动。每年由一部落领头，十二部落分十二年一个轮回，部落的男子个个盛妆，人人手持系有彩旗的木枪，而每个部落要选出一位英俊彪悍的汉子则身穿皮装，胸挂珠宝，手持佩刀，引领族人绕寺巡游。他们把家里所有能装扮的珍宝饰品都穿戴上，如：翡翠、玛瑙、红珊瑚、绿松石以及各种猫眼石、蜜蜡、贝壳等等。他们这种以展现部落和家族富裕、荣耀和实力的独特形式和汉民族“富不外露”形成了鲜明的对比。由于身上佩戴珍宝饰品的分量实在过重，一个个彪形大汉每走几步都有人随时为他准备椅子坐下来休息。巡游队伍每到之处，围观者人山人海。最后，巡游的各部族都回到大经堂前广场上，广场上虔诚的藏族群众已经是围得水泄不通，可谓，远远不止里三层外三层，伴随着神秘的法号阵阵地响起，僧俗的灵魂仿佛都随着法舞者变幻的身影，飘舞而得到了升华，神秘、庄严而神圣的气氛再一次被推向高潮。此时此刻，弥漫着信念的力量和浓烈的民俗信息交融在一起，身陷其中，情不自禁使人心潮澎湃。

拉卜楞寺观酥油花

带着一颗朝圣者一样虔诚的心，我们一行来到了下一个目的地拉卜楞寺。

拉卜楞寺是藏传佛教格鲁派六大宗主寺之一，位于甘肃省甘南藏族自治州夏河县县城西郊的凤岭山脚下。这里保留着全国最好的藏传佛教教学体系。

该寺始建于公元1709年，历经300余年，形成了独特的藏传佛教文化，包括建筑、学院、法会、佛教艺术、藏经等。是藏传佛教格鲁派最高佛学学府之一，被世界誉为“世界藏学府”。也是安多藏区政治、经济、文化的中心。

我跟着喇嘛多杰来到了大经堂。大经堂是众僧集会、学习诵经的地方。多杰向我介绍说，全寺广大学院各有经堂一座，其中规模最大的，就是我们现在看到的这座闻思学院经堂。寺里的这些经堂，全为木结构，其样式均为藏式建筑，唯有闻思学院大经堂第四层楼为鎏金铜瓦顶。还有就是续部上学院后殿为绿色琉璃瓦顶，此两处为汉族宫殿式结构。鎏金铜瓦顶上又饰以经幢、宝塔、宝伞、刹式宝瓶、法轮和金鹿等饰品，点缀得金碧辉煌，光彩夺目，丽阁画斗，飞檐腾空，气势雄伟，让我这个初来乍到者见此景象，无不心旷神怡。

走出大经堂，我随着多杰走进了佛僧的住地。远远地就看到僧人在寺院的巷子里来来往往，好似一片片紫红色的云在飘动。这里的佛僧个个都穿着紫红色的衫裙和袈裟。

佛僧的住房显然简陋了许多。屋内四壁用木板钉成，墙上装有佛龛和碗架，佛龛内供有佛像和经卷，还供有铜制的酥油灯和净水碗。酥油灯每天要点一至二次，而净水碗则每天早上献上，下午汇集后泼洒在墙上。

室内没有桌凳，墙边有一坑很是特别，坑头有锅两口，说是一口做饭，一口熬茶之用。

如此之外就是炉里烧些马粪，用作取暖。因为佛僧晚上睡觉一般都不盖被褥，只是身盖披篷，头枕衫裙及背心和袈裟。故炉内的马粪一直燃烧着，终日不熄。

多杰还向我介绍了他们的日常生活。佛僧每天很早起床，起床以后首先洗脸，然后打扫庭院卫生。吃饭时必须是盘膝而坐，如果吃带骨头的肉（当地的僧人允许吃肉），不能用嘴啃，要用刀子割。吃完饭，按教规要求，一定得先漱口，漱口完毕才能起来。

僧人以佛教为终身职业，每天除了诵经以外，对磕头和转经轮，视为日常的主要活动。经法较高深的佛僧，根据坐禅要求，得静坐修行。静坐，一般都在自己的房间内进行。静坐期间，门上标有记号，除自己生活所需的个别人外，其他人一律不予接待。

多杰还告诉我说，拉卜楞寺每年的节庆活动多，最隆重要数正月祈祷法会，藏语称为“毛兰姆”。也就是正月十五日晚上举行酥油花灯会，各个学院、昂欠的僧人制作的酥油花，陈列于大经堂周围，并供上酥油灯。说话间，他告诉我，现在他们要去准备晚上的活动了，我随即和多杰告别，来到了大经堂前的广场上。

广场上已经有众僧排起了长队，色彩绚丽的酥油花在众僧的簇拥下从寺院抬出，七组工艺精湛、绚丽夺目的酥油花依次安装在拉卜楞寺主体建筑大经堂前的支架上。

据带我们的导游介绍，酥油花的制作，要在每年的寒冬里进行，僧侣们首先要取秋天草黄之后产下的牛奶，经过多次提炼出的纯白色酥油，浸泡于冰冷的水中，再经过长时间揉搓而成膏状，去除杂质后的酥油为原料进行酥油花艺术的创作。由于酥油的熔点较低，15 度就会变形，25 度左右即会融化，为了防止手指体温对酥油花的影响，艺僧们在创作时都要把手浸泡在刺骨的冰水中，然后进行创作。一旦手温回暖，必须再次浸泡。

酥油花灯节始于明朝永乐七年（1409 年）。7 世纪中叶，唐蕃联姻，文成公主进藏与松赞干布成婚，文成公主带去的尊者释迦牟尼像被供奉在大昭寺内。根据佛教传统，用以供佛的物品有特殊规定。供花表示布施，涂香表示持戒，献净水表示忍辱，薰香表示精进，奉饭食表示禅定，供灯表示智慧。因时值冬日，六供物之一的鲜花无从觅得，只好用酥油塑成一束花，供奉佛前。格鲁派创始人宗喀巴学佛成功后，为纪念佛祖释迦牟尼，于明永乐七年（1409 年）正月在拉萨大昭寺举行了万人祈愿大法会。法会期间，宗喀巴梦见荆棘变成明灯，杂草化为鲜花，宗喀巴认为这是仙界在梦中的显示。为使大家也能看到仙界，宗喀巴组织人用酥油塑成各种花卉树木、奇珍异宝，再现梦境，连同酥油供灯奉献在佛前。这种活动沿袭至今。

入夜，众僧列队齐诵经文，悠扬的佛乐缓缓响起，人们抬头仰望，虔诚观瞻以示敬意。

许许多多信徒和游客仍然还涌向大经堂前的广场，人们始终不愿意离去，直至次日凌晨。

透过美丽的酥油花，我懵懂的大脑里寻找不到我所想表达的语言，我被朝圣的人流裹挟着，身不由己地随着人流而去，情不由己地迷醉在这夜色之中……

（摘自《风景名胜》2015 年第 12 期）

丝路向西　敦煌向东

二　璀璨人文

佛国世界——莫高窟

敦煌莫高窟俗称千佛洞，前临宕泉，东向三危山，迄今保存北凉、北魏、西魏、北周、隋、唐、五代、宋、西夏、元代，历时 1000 多年的多种类型洞窟 735 个，其中有壁画和彩塑的洞窟 493 个，壁画 45000 多平方米，彩塑 2415 身，唐宋木结构窟檐 5 座。1988 年，莫高窟被联合国教科文组织公布为人类文化遗产保护单位。

洞窟、壁画与彩塑，共同彰显着坚定的信仰及博大、慈悲的精神内涵。敦煌莫高窟壁画延续绘制千年不断，其艺术、内容特色对研究中国绘画史及古代社会历史，尤其是西北地区历史具有

莫高窟

很高价值，被誉为“中国古代美术博物馆”，对研究中外文化交流史、西北区域史有重要价值。这里是“人类文明的精粹，人类灵魂的凝结”。

敦煌莫高窟壁画按内容可分九类：（1）释迦牟尼佛、弥勒佛以及汉密藏密内容的千手千眼观音等画像，在各代洞窟中有大量描绘。（2）描绘释迦牟尼佛从入胎、出生、成长、出家、苦修、悟道、降魔、成佛以及涅槃等被神化了的佛传故事画。（3）叙述释迦牟尼佛过去若干世忍辱牺牲、救世救人善行的本生故事画。（4）描述释迦牟尼佛度化众生事迹的因缘故事画。（5）汉族神话题材图画，有东王公、西王母、伏羲、女娲、青龙、白虎、方士、羽人等。（6）展现佛教传播中的历史人物、事件、佛教圣迹、遗迹和灵异感应事迹以及各种瑞像画图的佛教史迹画。（7）释迦牟尼佛宣讲佛经的经变画。（8）出资造窟、绘塑佛画佛像的功德主、窟主及其眷属的供养人画像和出行图的供养人画像。（9）装饰洞窟建筑各个部分的装饰图案画。

敦煌，是中国、印度、希腊、伊斯兰四个文化体系的汇流之地，佛教、道教等几大宗教在此交融共生。敦煌壁画里的每一幅图画，每一个人物，每一则故事所描绘的生动的社会生活场景，既是古代人信仰和精神世界的表达，又是丝绸之路上不同民族与文化在这里交融交会、和谐共生的良好题材。

最早海关——阳关·玉门关

“劝君更进一杯酒，西出阳关无故人。”“羌笛何须怨杨柳，春风不度玉门关。”朗朗上口的经典诗句常常把我们的思绪停留在阳关和玉门关。

被千古文人墨客诉诸笔端的阳关和玉门关，不愧为西汉历史的骄傲。汉武帝元狩二年（公元前121年）河西之战后，汉王朝在河西走廊“列四郡、据两关”，这里的“两关”就是指阳关和玉门关。

作为通往西域的门户和丝绸之路的重要关隘，阳关和玉门关在历史上有着重要的军事和贸易地位。它们一起并称为中国最早的海关。阳关凭水为隘，据川当险，与玉门关南北呼应，再加上敦煌郡就构成了一个能攻易守的三角形，成为汉王朝防御西北游牧民族入侵的重要关隘。

在宝石东来、丝绸西去的年代里，阳关为东西方经济文化的交流发挥过重要作用。唐代王维在《送刘司直赴安西》的诗中写道：“绝域阳关道，胡烟与塞尘。”高僧玄奘从印度取经回国，就是走丝路南道，东入阳关返回长安的。此外，还有鸠摩罗什、法显、意大利旅游家马可·波罗等很多耳熟能详的人都先后来过这里。

长期以来，阳关和玉门关在人们心中的形象，总是凄凉悲惋，寂寞荒凉。但如今，这一带已是西北最大的鲜食葡萄基地和野生罗布麻生产基地，这里的葡萄和敦煌罗布麻等已经声名远播。但是，大家依然可以从那座虽然有点残缺，却依然矗立的“阳关耳目”和“小方盘城”上，感受到金戈铁马的悲壮、古道驼铃的沧桑。

唯有站在这些中国最古老的海关脚下，才能让我们带着对历史的敬畏去凭吊历史，在想象的空间里去品味历史文化的醇厚。

天下雄关——嘉峪关

嘉峪关是明代万里长城的西端起点，也是现存明长城保存最完整的古代军事城堡，素有“天下第一雄关”之称，被誉为长城建筑的百科全书。英国探险家斯坦因称赞嘉峪关是“东方最完美的古城堡”。

河西走廊南有常年积雪的祁连山，北有峰峦叠嶂的马鬃山，两山之间夹有狭长谷地，嘉峪关便坐落在这个谷地的最窄处。由嘉峪关关城向南北方向延伸而去的长城，将整个山谷沿南北方向齐齐卡住。关城南侧长城向南延伸 7 千米，接长城第一墩，直抵祁连山下；关城北侧长城向北延伸 8 千米，连悬臂长城，直抵黑山山腰，称得上是咽喉锁钥。

嘉峪关始建于明洪武五年（公元1372年）。每一座楼阁，每一块青砖，都无声地诉说着历史的沧桑。清嘉庆十四年（公元1809年），时任肃镇总兵的李廷臣在视察嘉峪关时写下“天下雄关”四个大字，刻碑立于嘉峪关西门外。清同治十三年（公元1874年）至清光绪二年（公元1876年），左宗棠派将兵重修关楼，并亲题“天下第一雄关”匾额，悬于关楼之上。此匾在1931年后下落不明。目前我们所见悬挂于嘉峪关光化楼上的“天下第一雄关”匾额乃赵朴初所题。

现在看到的嘉峪关有三重城郭，多道防线，城内有城，城外有壕。嘉峪关外城早年建有街道、店铺、驿站等，现仅存关帝庙、文昌阁、戏台三座建筑，均在东瓮城东侧。

为了防御外患，明政府在嘉峪关外先后建立了7个卫所，它们共同构成了明王朝西部边陲最重要的一个军事防卫管理体系。这7个卫所护卫着从嘉峪关到哈密卫的750多千米丝绸之路的安全与畅通，这条路线也是西域贡使来到中国的唯一法定路线，而嘉峪关则是他们进入中原内地的唯一关口。

1961年3月，嘉峪关成为中国首批全国重点文物保护单位。1987年12月，嘉峪关作为“长城”遗址点之一，被列入《世界文化遗产名录》，成为我国首批世界文化遗产之一。1989年10月，嘉峪关长城博物馆开馆，是中国第一座全面系统展示长城文化的专题性博物馆。

游龙逶迤——甘肃长城

古代甘肃，地处西北边疆，历来是关中的天然屏障，与中原有着唇齿相依的密切关系。为加强边疆的防御护卫，不受游牧民族对内地百姓的扰掠，从战国秦昭王时开始，就在这里修筑用于军事防御的长城。此后，秦、汉、明各王朝又相继加固修缮长城，由此在甘肃境内形成了一道独特的景观。

甘肃是战国秦长城、汉长城、明长城的西起首，现有不同朝代遗存的长城 3654 千米，占中国古代长城总长度的近五分之一，居全国第二。

秦昭王（公元前 306—公元前 251 年）在位时，国力强盛，向西扩张到陇西、北地、上郡等地，并在新扩领地的西北界修筑长城，这是今甘肃境内最初修建的长城。公元前 221 年秦始皇修建的万里长城起于今甘肃的中部临洮，北上经兰州，向东到今宁夏固原市原州区境，折东北行，经甘肃环县、庆阳，进入陕西。甘肃境内的秦长城，在陇东地区有部分地段保存较好。长城夯层清晰，现存高度仍有 2.5 米，顶宽 2 米。

汉代与明代是甘肃境内长城修建的鼎盛时期，这两个时代修建的长城现保存较好的地区是甘肃西部的河西走廊。作为中国境内唯一“汉明长城并行存在”的甘肃山丹县，境内长城总长 365 千米，其中有保存完整的 98 千米汉明长城，被誉为“露天长城博物馆”。

甘肃境内的明长城长度居全国之首。嘉峪关，是明代万里长城的西端起点，素有“天下第一雄关”“边陲锁钥”之称。讨赖河边的“长城第一墩”，与河北山海关渤海之滨的“老龙头”遥相呼应，共同构筑起了中华长城“龙”的首尾。

中国古代的长城是世界八大奇迹之一，是历史时期劳动人民的伟大创举，也是世界上最杰出雄伟的建筑工程代表。而甘肃是古代历史上修筑长城最多的省份之一，也是今天保存长城遗址、遗物最多的省份之一。古老的长城犹如游走的长龙，逶迤在甘肃的大地上。行走在长城脚下，似乎才能领会秦皇汉武的雄才大略，感知两军对垒、战鼓隆隆、烽烟弥漫、醉卧疆场的历史气息。

皇家马场——山丹军马场

沿河西走廊西行，南有祁连山，北有焉支山，犹如一颗晶莹剔透的绿宝石镶嵌于祁连山之间的，是位于祁连山冷龙岭北麓大马营草滩上的山丹军马场。山丹军马场地跨甘肃、青海两省，东接永昌县、肃南县，西望民乐县，总面积2197.04平方千米，水草丰足。至今，山丹军马场仍是世界上历史最悠久，亚洲规模最大、世界第二大军马场。

两千多年前，大马营草原先后是中国古代游牧民族月氏、匈奴的牧场。西汉名将霍去病驱逐匈奴后，汉帝国先后设立河西四郡，地处敦煌、酒泉、张掖、武威四郡中部的大马营草原自然得

山丹军马场

到青睐。这里有丰裕充沛的水源，也有广袤无垠的草场，更是一处地理位置极其优越的战略要地。

史载，张骞出使西域，在大宛国发现汗血马，将汗血马的信息带回中原。此后，围绕汗血马，在中原王朝与西域诸国之间展开一系列政治、经济、文化交流。伴随丝绸之路的畅通和中外文化交流的发展，汗血马不断传入中原，成为丝绸之路上中外文化交流的见证。

汉武帝元鼎四年（公元前 113 年）下诏设马苑寺负责马政，在河西各郡分设牧师苑（牧马场）。当时的河西走廊共有 66 所牧师苑，养了 30 万匹战马，大马营草原是当时最大的牧师苑。西汉末年离乱，河西大部分牧马场被废弃，大马营成为唯一的幸存者。晋穆帝永和年间，因牧马场中心永固堡升格为汉阳郡，整个马场的护卫得到加强。

北魏年间，汉阳马场（即大马营马场）继续充当太武帝拓跋焘、孝文帝拓跋宏的皇家牧场。隋炀帝杨广于大业五年（公元 609 年）巡张掖，御驾焉支山，亲自巡视大马营草滩。隋炀帝下诏在这里设牧监，牧养官马。唐代河西一带的军马繁殖超过 70 万匹。宋、元、明、清各代，大马营依旧是历代王朝名副其实的皇家马场。

两千多年里，这里走出不计其数的战马，与历朝将士共同血洒疆场、建功立业。虽然骑兵已逐渐被现代化的机械部队取代，但军马、骑兵曾经的功勋和辉煌将永驻史册。

和平年代，山丹军马场开拓了新的发展路径——影视旅游基地。《牧马人》《文成公主》《王昭君》《蒙根花》《红色康拜因》等影视剧呈现的就是山丹军马场的旖旎草原风光和宏远的西部景致。人们多次跟随摄影师的镜头走进这天高云淡、碧草如茵、万马嘶鸣的西部牧场。一年一度的山丹军马场赛马盛会，人们骑马观光，欣赏精彩的马术表演和竞技，品尝美食，亲身感受着军马场人的热情与豪气。

东风航天城——酒泉卫星发射中心

在甘肃省酒泉市和内蒙古额济纳旗的交界处，有一座神秘而又庄重的城市，它地处沙漠戈壁地带，人烟稀少，气候干旱，但是从这里流传出来的东方红一号卫星、神舟飞船、天宫一号空间站等一个个名字却震惊中外，它见证着中国航天科研事业的发展历程，它有一个响亮的名称——东风航天城。

“东风航天城”也称酒泉卫星发射中心，始建于 1958 年 10 月，占地面积约 2800 平方千米。这里地势平坦，人烟稀少，每年约有 300 天可进行发射试验。又可充分利用西起喀什、东至闽西，距离数千米的陆上航天测控网，技术保障、测控通信、铁路运输、发配电等配套设施完善。基地的核心建筑物“垂直总装测试厂房”高 74 米，上宽为 8 米，下宽为 14 米，整体重量达 350 多吨。

酒泉卫星发射中心为中国的航天事业做出了卓越的贡献，创造了中国无数个航天史上的第一：1960 年 11 月 5 日，由中国制造的第一枚地地导弹在这里发射成功；1966 年 10 月 27 日，中国第一次导弹核武器试验在这里试验成功；1970 年 4 月 24 日，中国第一颗卫星——“东方红一号”在这里发射成功；1975 年 11 月 26 日，中国第一颗返回式卫星在这里发射成功；1980 年 5 月 18 日，中国第一枚远程运载火箭在这里发射成功；1999 年 11 月 20 日，“神舟”号试验飞船从这里发射升空，拉开了中国载人航天工程的幕布……这里，成功发射了 81 颗卫星、10 艘神舟飞船、2 艘天宫空间实验室，相继将 10 位航天员安全顺利送往太空。

风沙可能会带来斑驳，掩盖地表，但是绝不会掩盖这里曾经发生的每一个故事：在一片荒凉且远离城区的戈壁滩上，一代人、两代人、代代人用自己的知识、能力、决心、毅力、生命建造出了这样一片奇迹之地。东方航天城，中华民族的航天梦在这里点燃，中华民族的伟大精神在这里凝聚。

旅游国标——“马踏飞燕”

对于中国旅游标志“马踏飞燕”，如今可以说是尽人皆知，但知道“马踏飞燕”来自何方的人则可能不会很多。享誉海内外的“马踏飞燕”，就出土于甘肃武威雷台的汉代墓葬里。

雷台是古代祭祀雷神的地方。武威雷台因其在一处高约 10 米的土台上建有明朝中期的雷祖观而得名。汉武帝闻听西域大宛国盛产汗血马，非常爱慕，遂遣使去购买，不想使者被杀，钱物被抢。太初元年（公元前 104 年），汉武帝派遣“贰师将军”李广利率兵数万攻打大宛国贰师城，获得三千余匹汗血宝马。河西走廊历来就是天然的牧场，武威更是“凉州畜牧甲天下”，所以

马踏飞燕

这里也是良马的交易、繁殖基地。后人还有“凉州大马，横行天下”的美谈。因此，在武威发现“天马行空”的铜奔马，并非偶然。

在雷台汉墓出土的文物中，有一件震撼世人的历史作品，即铸造精致的 99 件铜车马仪仗俑。这些铜车、铜马、铜俑组成了浩浩荡荡的“将军出行图”，场面壮观威武，反映了汉代出行的礼仪。在车马队伍出行的最前面即是举世闻名的铜奔马，也就是我们所熟知的“马踏飞燕”。

铜奔马，高 34.5 厘米，长 45 厘米，重 7.15 千克，它神势若飞，体型矫健，昂头嘶鸣，三足腾空，一足踏一飞鸟，飞鸟展翅，惊愕回首。既表达了快马奔驰的速度超过飞鸟，又巧妙地利用飞鸟的躯体扩大了着地的面积，稳定了重心，其造型完全合乎力学平衡原理，且给人以天马行空、踏鸟追风、一跃千里之感。东汉无名艺术大师的这一杰作，不仅神态生动，制作精湛，而且造型独特，充分展示了工匠高度的智慧、丰富的想象、深刻的生活体验和高超的艺术创作技巧，极富浪漫色彩。1971 年 9 月，郭沫若陪同柬埔寨宾努亲王在甘肃省博物馆参观时发现铜奔马，认为这是一件罕见的艺术珍宝，将其称为“马踏飞燕”。

“马踏飞燕”现藏于北京国家博物馆。它出土后曾多次作为中国优秀考古文化的代表，先后到 14 个国家和地区展出，引起了极大的轰动和高度赞誉。1983 年，“马踏飞燕”被国家旅游局确定为中国旅游标志，自此以后，名扬四海。

黄河第一桥——中山桥

兰州作为黄河唯一穿城而过的省会城市，桥是当地人生活的一部分。从一种记忆到一种情怀，从方便出行到成为一种景观，跨河之桥正在成为兰州的又一张名片。在这些各具特色的跨河大桥中，最具有代表性，历史最悠久的是位于白塔山下、金城关前，有着“天下黄河第一桥”之美称的中山铁桥。

中山铁桥始建于公元 1907 年，由德国设计、承建。建桥所用材料均来自德国原装生产，后经海运运至天津，然后经铁路、马、骆驼、大轴踏车等运输工具翻山越岭，一站站转运至兰州。共耗时两年零五个月，共花费白银 30.66 万两，于 1909 年 7 月竣

中山桥

工，给当地老百姓带来了极大的方便。在风雨飘摇的清王朝末期，主政兰州的官吏以开放的理念，克服重重困难，引进先进技术和设备，正式结束了黄河兰州段没有桥梁的历史，可以说，这是甘肃早期改革开放的见证。民国三十一年（公元 1942 年）为纪念孙中山先生，将“黄河铁桥”改名“中山桥”，成为兰州市标志性建筑之一。

现如今，加固维修后的中山铁桥长 233.5 米，总宽 8.36 米，其中车行道宽 6 米，两边人行道各宽 1 米。作为黄河上修建最早和唯一保存至今的近现代钢架梁桥，中山桥集使用、历史和文物价值于一身。在政府和百姓的悉心保护下，中山桥自建成至今，已度过了一百多个春秋。在经历了无数次天灾人祸之后，依然如一名坚强的战士，用自己钢铁的脊梁，担负起通达黄河两岸的重任。

由甘肃话剧院编排的话剧《天下第一桥》，将波澜壮阔的兰州百年黄河铁桥修建历史搬上了舞台，再现了黄河铁桥的修建历史，也向世人述说了黄河铁桥作为一位长者，在黄河之滨，对后辈儿孙和外来访客讲述着这座城市的点点滴滴。它以雄健的身姿横亘在黄河之上，记录着这座城市的历史，见证着这座城市的沧桑巨变。

长征大会师——会宁会师楼

“红军不怕远征难，万水千山只等闲。五岭逶迤腾细浪，乌蒙磅礴走泥丸。金沙水拍云崖暖，大渡桥横铁索寒。更喜岷山千里雪，三军过后尽开颜。”1936 年 10 月 22 日，红一、二、四方面军历经千辛万苦，在甘肃会宁胜利会师，毛泽东用这首《七律·长征》来表达当时的喜悦心情。

会宁历来是兵家重地，会宁古城有四个门，东为“东胜门”，西为“西津门”，南为“通宁门”，北为“安静门”。1936 年 10 月 2 日凌晨，红一方面军 15 军团直属骑兵团在团长韦杰、政委夏云飞带领下，打进“西津门”，攻克会宁城，打响了红军三大主力会宁大会师的第一枪。10 月 8 日清晨，中国工农红军第一、二、四方面军在此胜利会师，成为长征胜利的标志。1958 年，会宁县为纪念红军会宁会师，将此楼改名为“会师楼”，“西津门”更名为“会师门”。

现在保存下来的“西津门”城楼及两侧城墙，虽几经维修，不失原貌，仍为地道的明代建筑风格。城墙高 10 米，楼高 7 米，木楼飞角重檐，龙脊兽瓦，飞檐翘角，歇山顶式二层结构，古朴典雅，风格别致，雄踞城头，巍峨壮观。

在距会师楼 100 米的地方，矗立了一座高 33.33 米，傲视苍穹的会师纪念塔，这座塔的全称为“中国工农红军第一二四方面军会师纪念塔”，由邓小平同志亲笔题写。

如今，在会宁县城中心，除了历经烟雨的会师楼、傲视苍穹的三军会师纪念塔外，还有气势宏伟的红军长征胜利纪念馆、规模宏大的将帅碑林长廊、珍品众多的博物馆，它们一起成为重温长征历史，缅怀革命先烈，发扬长征精神，接受爱国主义教育的理想场所。

世界藏学府——拉卜楞寺

拉卜楞寺是我国藏传佛教格鲁派六大寺院之一，位于甘肃省甘南藏族自治州的夏河县，始建于清代康熙四十八年（公元 1709 年）。

藏语“拉卜楞”意为僧侣的宫殿。拉卜楞寺是一座古老的寺院，见证了甘南藏族历史的发展和变迁。自创建以来，拉卜楞寺经历代寺主嘉木样活佛和广大僧众的努力经营，已成为我国西北最高的佛学学府，囊括了显、密二宗的闻思、续部下、续部上、医学、时轮及喜金刚等六大学院。拉卜楞寺还包括 108 个属寺和 8 大教区，历史上，它曾是甘南藏区政教合一的中心。每年都有无数朝圣者来到拉卜楞寺朝拜，最盛时寺内僧侣达 4000 余人。

拉卜楞寺在建筑方面既呈现出典型的藏式风格，又蕴含有传统的汉式建筑元素。历经 300 多年的发展，这里已建成经堂 6 座，大小佛殿 84 座，鎏金铜瓦歇山式顶楼 4 座，绿琉璃瓦大屋顶楼 2 座，嘉木样和各活佛府邸 31 院，还有印经院、讲经坛、经轮房、普通僧舍、各种佛塔及山门等建筑，总面积约 53.33 万平方米。

拉卜楞寺既是宗教信仰之中心，也是一所精美的艺术博物馆。寺内的佛像造型各异，据统计，1.7 米以上的佛像有 262 尊，1.7 米以下的有 29000 多尊。这些佛像塑造技艺精湛，人物栩栩如生。此外，还有许多佛教艺术精品，如壁画、卷轴画、堆绣、刺绣等，这些艺术品多以藏传佛教故事为内容，构图精妙，刻画细致，线条潇洒，色彩瑰丽，堪称艺术珍品。

拉卜楞寺内大量历史文物与古籍也令人称叹，其中包括历史上各种封诰、册文、印鉴，以及历代寺主嘉木样穿戴过的袈裟、坎甲、禅裙、皮鞋、皮衣、法器、法冠以及珍贵用具等。寺院还存有大量价值连城的金器、玉器、宝石、珍珠、珊瑚树、象牙、犀牛角和孔雀翎帐篷、虎皮帐篷等奇珍异宝。

拉卜楞寺每年有七次规模较大的法会，其中以正月毛兰姆法会、七月柔扎法会和九月时轮法会规模最大，最为隆重。法会期间，人们可以尽情领略神秘的藏传佛教文化和独特迷人的藏族风情，拉卜楞寺法会现已成为甘南藏区人民一个非常重要的节日。

祭拜始祖——伏羲古庙

天水伏羲庙又称太昊宫，俗称人宗庙，是祭祀华夏人文始祖伏羲的古庙。伏羲庙始建于明成化十九年至二十年间（公元1483—1484 年），经历过九次重修和扩建，目前已形成规模宏大的伏羲祭祀建筑群。

伏羲庙是典型的汉式传统建筑，它临街而建，以方便人们的祭拜。其院落重重相套，四进四院，幽深宏阔。庙内的古建筑包括戏楼、牌坊、大门、仪门、先天殿、太极殿、钟楼、鼓楼、来鹤厅共 10 座。新建筑有朝房、碑廊、展览厅等共 6 座。新旧建筑共计 76 间。整个建筑群色彩明丽，坐北朝南，其中牌坊、大门、仪门、先天殿、太极殿等沿纵轴线依次递进，层叠有致，庄严而不失雅致。朝房、碑廊等沿横轴线对称分布，和纵轴线建筑垂直，整齐划一。廊道、小院雅致有趣，具有鲜明的中国传统建筑风格。

作为伏羲古庙的主体建筑，先天殿位于中院后部正中，整个大殿巍然宏阔，矗立于院子正北高 1.7 米的砖筑月台上。殿内，有彩塑伏羲巨像一尊。藻井顶棚正中绘有太极河洛八卦图，四周等分为六十四格，内刻绘六十四卦图。先天殿后面为太极殿，又称寝殿、寝宫，依中国传统建筑“前宫后寝”的惯例而建，寝殿主要祭祀人祖神农氏，建筑规模略小于先天殿。

伏羲庙内遍布古柏，苍翠挺拔，绿荫浓密，为明代所植，原有 64 株，象征伏羲六十四卦之数，现存 37 株。

伏羲古庙是纪念中华民族人文始祖伏羲的庙宇，历来受到人们的敬仰和推崇。每年正月十六伏羲诞辰日，当地群众扶老携幼，纷纷前来伏羲庙拜祭“人祖爷”。即便是平常之日，庙内也常常是宝烛生辉，香烟袅袅，钟鼓鸣天。

为弘扬传承中华民族优秀传统文化，每年 6 月 22 日，甘肃省都会以天水伏羲庙为中心举办盛大的公祭伏羲活动。届时，十余万海内外各界群众齐聚一堂，追缅圣贤先祖。如今，公祭伏羲大典已成为甘肃省一项独具特色的文化品牌。

东方雕塑馆——麦积山

在连绵的秦岭山脉中，一座鬼斧神工般的佛教石窟神秘优美地独处在深山的环抱之中，石窟以精美的泥塑艺术闻名中外，被人们誉为东方雕塑馆。这就是坐落在天水市的中国四大佛教石窟之一的麦积山石窟。

麦积山石窟建在三面陡峭的孤峰峭壁之上，最高处离地面近百米，密如蜂房的洞窟之间，全靠架设在崖面上的凌空栈道连接，惊险陡峻，极为罕见。

麦积山石窟自后秦始凿以来，历经北魏、西魏、北周、隋、唐、五代、宋、元、明、清等朝代不断地开凿和修缮，现存造像

麦积山

中以北朝造像居多。由于麦积山山体石质结构松散，不易精雕细镂，故以精美的泥塑著称于世。虽历经种种浩劫，至今仍保存了198 座洞窟，7800 多身泥塑石雕，壁画 1000 多平方米，题材丰富，艺术精湛。这里的雕像大的高达 16 米，小的仅有 10 多厘米，体现了千余年来各个时代塑像的特点，系统地反映了中国泥塑艺术发展和演变过程。

后秦时期是麦积山石窟的初凿时期，佛像面相方圆，细眉大眼，高鼻薄唇，躯体伟岸，着通肩或半披肩袈裟，为早期佛教艺术风格。北魏时期是麦积山开窟的大发展期，共有 88 个洞窟，占全部洞窟的近半数，造像受中原影响以褒衣博带、秀骨清像为主流。西魏、北周造像则温婉淳厚。隋唐时期的造像丰满细腻，是当时强盛国力的体现。宋代造像衣纹写实、面貌庄重，反映了宋代造像世俗化的特点。

来到麦积山石窟，既可以在山崖上的悬空栈道近距离地欣赏石窟，还可以凭高远眺，欣赏周围的景色。这里不仅有美轮美奂、种类繁多的特色石窟，还有关于散花楼、牛儿堂的美丽动人的传说。

1600 年来，走过朝代的更迭，历经自然的侵袭，这座山，这些佛像，这些壁画，这些飞天，穿越历史的风霜，依然在这里面露微笑。

道教第一山——崆峒山

崆峒山以道教闻名天下，是中国道教名山，位于甘肃省平凉市西。自古以来，崆峒山被冠以“西来第一山”“西镇奇观”等美誉。

崆峒山是古丝绸之路西出关中之要塞，主峰海拔 2123 米。它既有奇险灵秀的自然景观，也有历史底蕴深厚的人文景观，具有极高的观赏、文化和科考价值。

崆峒山之所以被称为道教名山，和广成子在此山中石室内隐居修炼，黄帝曾至此问道于广成子等传说有关。秦、汉时期，山上就有庙宇建筑；魏、晋、南北朝时期，道教盛行，此时山中宫观林立；唐宋之际，山中大多道教宫观庙宇毁于兵火；元代开始重修；明万历年间，崆峒山仿效湖北武当山，大兴道观及亭台楼阁，总称八台、九宫、十二院；清同治年间，再次毁于兵火，后又重建。

据载，宋代宋披云、元代贺志真、明代张三丰等许多著名道士均曾于此山中修身养性。崆峒山除浓厚的道教文化外，自然景观也值得称道，山上林木郁郁葱葱，古迹星罗棋布，名胜应接不暇。

历史上，崆峒山曾吸引了众多的风流才俊。传说，人文始祖轩辕黄帝曾亲自登临崆峒山；秦始皇、汉武帝因“慕黄帝事”“好神仙”而效法黄帝西登崆峒；司马迁、王符、杜甫、白居易、赵时春、林则徐、谭嗣同等文人墨客也在此留下了大量的文墨。值得一提的是，崆峒武术曾与少林、武当、峨眉、昆仑等武术流派一并驰名华夏。

崆峒山历史文化资源浑厚，自然风光旖旎俊秀，是值得人们游览拜访的好去处。

佛道胜地——大云寺·王母宫

平凉市泾川县的大云寺，是唐代女皇武则天敕令珍藏《大云经》的皇家寺院。

武则天时期，对以女性经变故事为主题的《大云经》非常崇敬，于是敕令长安、洛阳两京各州都建一座大云寺，以便珍藏《大云经》，弘扬佛教。泾州大云寺是在隋朝大兴国寺遗址上建立的，动工之际，发现了隋代供养的舍利。武则天敕建大云寺与佛舍利相遇，被认为是大吉大利的祥瑞之兆。为表示对佛舍利的敬重，唐朝政府特地聘请制作大师，做成铜、银、金棺椁，以精美琉璃瓶盛 14 粒佛骨舍利，配以石函，镌刻清楚朝代地点数量，入砖筑地宫，然后建塔立寺。

1964 年，唐塔地宫被发现，14 粒“舍利子”也终于面世。1971 年 9 月 19 日，79 岁高龄的郭沫若陪同柬埔寨王国首相宾努亲王来兰州参观。郭沫若说：“舍利石函，贵在石函。”泾川大云寺比陕西扶风法门寺整整早发现了 23 年。

2012 年 12 月，在大云寺遗址内先后两次发现大量窖藏佛像。2013 年 1 月又在佛像窖藏旁发现宋代龙兴寺地宫 1 处，第三次出土了盛装佛舍利 2000 余粒的琉璃瓶，被认为是“古丝绸之路上的重大考古发现”。

近年来，泾川大云寺舍利容器，多次漂洋过海，赴日本、新加坡、法国、英国和瑞士等国展出，在海内外引起巨大反响。

王母宫，位于回山和泾汭河交汇处，是西王母文化发祥地和祖庙所在地，被国际亚细亚民俗学会和中国民俗学会授予“国家重点民俗文化景区”称号。据考证，王母宫始建于汉武帝元封元年，后经宋初、明嘉靖年间两次重修，是中国最早、最大的西王母祖庙。王母宫石窟依山而建，开凿于北魏时期，距今已有 1500 多年历史。窟内平面呈“回”字形，窟壁三面雕有佛像 200 余尊，有大小佛龛 22 个。中心柱正面的一尊唐代佛像，高约 4 米，泥塑石胎，体态丰满。窟内每壁造像三层，百余尊，是我国古“丝绸之路”上的名窟之一。

如今，大云寺与西王母宫山水相依，景致互映，成为人们体验道教文化与佛教文化共融发展的最好去处。

文明曙光——大地湾

人们常说：“世界的彩陶在中国，中国的彩陶在甘肃。”大地湾是甘肃省秦安县东北五营乡邵店村边的一个河湾。根据出土文物的研究，这个遗址蕴含了距今7800年—4800年的人类历史，发现了我国第一支含有彩陶的考古学文化——大地湾文化，将甘肃古文化的历史提早了3000年，可称为文明的曙光，为探讨中华文明的起源提供了弥足珍贵的资料。

从1978年到1995年，大地湾共发掘14752平方米，出土陶器4147件、石器1931件、骨角牙蚌器2227件、兽骨17000多件以及数十万残陶片。大地湾遗址发现房址240座，类型多样，变化复杂，时间跨度约为 3000 多年，构成一个从早期到晚期的完整序列，可谓一部史前建筑的发展史。

这里还发现了中国最早的旱作农作物标本、彩陶、雕塑、宫殿式建筑、“混凝土”地面、人造轻骨料、消防实例、度量衡与十进制、绘画和汉字最早的雏形，一举刷新多项国内考古记录。

根据地层关系和出土物，大地湾文化可以划分为五个文化期。据研究，大地湾第一期文化遗存可以称为前仰韶文化或大地湾文化，距今 7800 年—7300 年，因有正负 200 年的误差，所以也常说距今约 8000 年。大地湾一期的陶器大多为圜底器、三足器，流行交错绳纹，钵形器口沿内外常饰红色彩带，这是我国最早的彩陶，也是甘肃彩陶的源头。

最为世人所熟知的人头型器口彩陶瓶被誉为“大地湾女神”。整件陶器融造型、雕塑、彩绘艺术于一体，是中国史前彩陶烧制工艺的代表作品。

大地湾二期文化遗存属于仰韶文化早期，距今 6500 年—5900 年，陶器典型器物为圜底钵、葫芦形口尖底瓶、侈口双唇深腹罐等，彩陶主要为黑彩，有宽带纹、鱼纹和几何纹等图案。二期遗存与陕西关中的半坡遗址类型大同小异。

第三期文化遗存属仰韶文化中期，距今 5900—5500 年。陶器典型器物有敛口平底钵、曲腹彩陶盆等，绝大部分为黑彩。第四期文化遗存为仰韶文化晚期，距今 5500—4900 年，陶器以敛口钵、平底碗等为主要器形。以黑彩为主，有少量红彩。第五期文化遗存为常山下层文化，距今 4900—4800 年，仅出土少量遗迹遗物，陶器开始使用横蓝纹，是仰韶文化向齐家文化过渡性遗存。

汉简之乡——甘肃

简牍是对我国古代遗存下来的写有文字的竹简、木简、竹木牍的概称。重要形态有简、牍、觚三种。简牍是纸张普及之前重要的书写载体和文档资料。

19 世纪以来，中外考古学家在中国境内共发现汉简 80000 余枚，其中有 60000 多枚出土于河西走廊。对照传世文献解读这些汉简，两千年前河西走廊的历史镜像逐渐清晰起来。

自 1907 年匈牙利裔英国人斯坦因在敦煌附近的长城烽燧掘获第一枚汉简以后，敦煌汉简、居延汉简、武威汉简、甘谷汉简、武威汉代医简、居延新简、马圈湾汉简、悬泉汉简等陆续被发现。

20 世纪 30 年代出土的“居延汉简”和 70 年代出土的“居延新简”共计 30000 多枚，内容丰富，时间跨度 200 多年。对研究汉代西北边疆的历史，以及汉代的军事防御、政治制度、法律法规、社会经济、少数民族、科技文化等具有重大的意义。有的或填补了空白，或丰富、补充了部分内容，具有极高的学术价值。

1959 年武威磨嘴子汉墓出土的 469 枚《仪礼》简是迄今所见《仪礼》一书的最古写本，被誉为“天下第一简”。1972 年武威旱滩坡东汉墓出土的 92 枚《医药》简是一部医学宝典，是国内现存最早的医药著作，是研究汉代医药学的重要资料。1981 年发现的 26 枚《王杖诏令》木简是研究汉代养老制度的重要资料。

1976 年，甘谷汉简被发现于天水市甘谷县新兴镇刘家山一座汉墓中，共 23 枚。对了解东汉皇室宗族的特权和中央与地方之间权利关系的演变有重要参考价值。

20 世纪 90 年代掘获的悬泉汉简，不仅对研究秦汉时期的邮驿制度有极大帮助，而且其所保留的大量西域都护府设立后，直到西汉末年西域三十多个国家前往汉朝京城时路过悬泉置的珍贵记录，是了解汉王朝与中亚、西亚、南亚等丝路沿线国家文化交流的第一手资料。

甘肃汉简的内容大到国家的政治活动，小到士卒百姓的衣食住行无所不包。为研究秦汉从中央到地方的政治、经济、军事、外交、丝绸之路、民族关系、邮驿交通、科学文化、宗教信仰、社会生活提供了珍贵材料，同时也是书法宝库，在书法界引起了强烈震动。

甘肃省简牍博物馆是集收藏、研究、养护、展示、弘扬简牍于一体的现代化博物馆，使数万枚简牍有了新归宿，也为简牍走进大众视野，为人们了解中华传统文化提供了新窗口。

三国战场——街亭、祁山

蜀汉建兴六年（公元 228 年），丞相诸葛亮以《出师表》上奏后主刘禅。他亲率大军，北伐曹魏。

蜀汉军队历经多年整训，士气高昂，所以北伐伊始，曹魏治下的南安、天水、安定三郡纷纷叛降。但在关键的街亭之战中蜀军将领马谡违背诸葛亮的命令，被魏将张郃一战击溃。关乎战场全局的街亭的丢失，使得诸葛亮的这次北伐功败垂成。

街亭位于现甘肃省秦安县城东北 40 千米的陇城镇，其地河谷开阔、山势险峻，连接着关中和陇右，战略地位十分重要。街亭作为著名的古战场，近年来有不少历史遗存出土，当地王家镇发现的“铁锅”铸有“汉丞相诸葛武侯制”的字样。附近还相继出土了刻有“蜀”字的弩、刀、剑等古军械。现今登临街亭古战场，在极目远眺中仿佛还能听到千年以前战场上的杀伐之声，看到双方士兵血肉相搏的壮烈场景，令人唏嘘感慨。

诸葛亮在历史上一共有五次北伐，但事实上只有两次出过祁山。可是在民众的记忆里，北伐与“出祁山”紧密相连，祁山也已成为诸葛丞相北伐中原的标志与符号。

祁山是岷山的支脉，南临西汉水，北至天水秦州区的尖山，西起大堡子山，东至盐官镇郑家磨。在山下祁山乡以东数里的田野中有“祁山堡”，地势不高，但山路崎岖盘绕，堡顶建有“祁山武侯祠”。沿祁山堡的边缘筑有一圈土城堞。堡中的土堞是三国时期的遗迹，诸葛亮兵出祁山，首攻此地，进而直指陇右。这里也就成了蜀汉和曹魏争夺拉锯的前沿阵地。

来到祁山堡古战场遗址，登临远望，在其西南处有一开阔地，可以离开山区,进入平原。因此至今还有一个地名叫“川口”。遥想当年，诸葛丞相统领大军经过蜀道崎岖的艰难跋涉，终于走出莽莽大山，进入平原，进而去实现“北定中原”的大业……虽然壮志未酬，但是其鞠躬尽瘁的精神与执着的信念使后人无不敬仰膜拜。

地下画廊——魏晋壁画墓

在嘉峪关市东 22 千米处的新城乡戈壁滩上，聚集着规模巨大的古墓群。方圆 10 平方千米的范围内，有大小墓穴 1400 余座，其中价值最高的魏晋壁画墓，被誉为世界上最大的地下画廊，是中国绘画史上极其珍贵的形象资料。

魏晋壁画墓于 1971 年被新城乡的两个牧羊人偶然发现。1972 至 1979 年，在甘肃省博物馆、敦煌文物研究所和武威文管会专家的帮助指导下，嘉峪关市文博部门先后发掘 13 座墓，其中 8 座古墓壁上有彩绘壁画砖，共计 700 多幅。

彩色画像砖大多为一砖一画，也有少量由多块砖组成一个画面。先用墨线勾勒轮廓，再填以石黄、土红、灰、白、浅绿、赭石等颜色，共同构成热烈明快的色调。

魏晋墓砖画像取材于现实生活，形象生动，构图简洁，朴实自然，生动反映当时河西走廊地区的政治、经济、军事与文化，具有浓郁的生活气息，内容非常丰富。

从壁画中，我们可以感受到墓主人鲜活的生活：中小官吏和庄园主兴建的高楼宅院、坞壁群立，墓主人的欢乐宴饮、安逸享受；小帐篷里住着的从事繁重劳动的农奴、依附农民和奴婢，弹乐侍奉、跪坐进食的奴仆侍从，还有托盘提壶的婢女。我们还能看到魏晋时期农业生活：从耕耘、播种到收获、打场，二牛抬杠牵引一个直辕犁、一位农夫扶犁扬鞭。5、6号墓二牛所拉的铁齿耙是中国迄今发现的最早的画像资料，远早于北魏贾思勰《齐民要术》中的记载。我们还能看到放牧场面，甚至牲畜交配的情形。壁画砖上的《桑园图》，院墙内桑树林里，枝叶茂密，桑葚累累；《采桑图》中，采桑妇女衣着朴素，手提篮子采摘桑叶；8幅《绢帛图》中画有蚕茧，再现了魏晋时期河西地区种桑养蚕、缫丝织锦的实况。此外，还有对千余年间民间艺人击乐说唱、弹唱、踏歌舞等文化艺术的展示和对军事、屯垦、驿站使者、狩猎、炊事活动等的反映。

魏晋墓砖壁画是中国绘画史上民间艺人的杰作，在很大程度上填补了魏晋时期绘画的空白。它们是魏晋时期河西社会经济政治的真实写照，体现了多民族混融的地域文化特点。

针灸鼻祖——皇甫谧

皇甫谧（公元 215—公元 282 年），安定朝那（今甘肃灵台县）人。他生于东汉，长于曹魏，卒于西晋。皇甫谧一生学问广博，著作丰富，在文学、史学、医学各个方面多有建树，不过他最倾心的还是医学。

皇甫谧是一位病痛造就的针灸大师。34 岁的皇甫谧患了痹症（风湿类疾病）。40 多岁时，中风导致身体的一半麻木没感觉，几乎每天都生活在病痛中，甚至曾经想过自杀。皇甫谧下决心要勇敢面对疾病，学习中医来对抗疾病，他开始攻读医学，研究针灸和经络。

皇甫谧晚年撰写的《解服散说》，介绍服用五石散（寒食散）之后会出现的各种症状，并提供了对应的处理办法。在河南女几山攻读医书、著书授徒一段时间后，皇甫谧回到故乡甘肃灵台，在书台山（今人为纪念皇甫谧而命名）攻读《黄帝内经》中的《素问》《灵枢》以及《明堂孔穴针灸治要》（《黄帝明堂经》）等中医经典，提炼精华，结合自己的实践写成《针灸甲乙经》。

在中国医学史上，皇甫谧的《针灸甲乙经》是中国现存最早的一部针灸学专著，也是最早将针灸学理论与腧穴学相结合的一部著作，被历代医学家奉为针灸疗法的圭臬，皇甫谧本人也被大家视作中医针灸鼻祖，一位承前启后、举足轻重的著名医学家，奠定了中医针灸学科的理论基础。

《针灸甲乙经》早在隋唐时期就已传入朝鲜、日本、越南等亚洲国家。如今成为全球从事针灸学研究者的必读经典书目。随着针灸术走出国门，造福人类，皇甫谧也因此成为世界文化名人。

灵台县以皇甫谧文化园、中医院、国医养生馆、文化影视基地为依托推进“针灸圣地·养生灵台”建设，创作音舞诗画《中华针灸颂》，在中央电视台曾播出《百家讲坛——名医是这样成名的（皇甫谧）》，编排的秦腔历史剧《皇甫谧》曾荣获中宣部“五个一”工程奖。

汉夏合璧——西夏碑

在中国历史上，有一个由党项族人建立的王朝，其存续近200年之久。追其先祖，要回溯到唐中和元年（公元881年），党项人拓跋思恭在陕北一带割据，被封为定难节度使、夏国公，世代相袭。公元1038年，李元昊建国时，以“大夏”为国号，因其在西北地方，后人将其称作“西夏”。

西夏存在期间，与宋、辽时战时和，形成三国鼎立局面。公元1115年，金朝崛起，西夏逐渐衰落，最后于公元1227年被蒙古所灭。西夏接受汉文化的程度较深，有自己的文字、礼仪和制度，曾创造出灿烂的西夏文化。随着西夏的灭亡，包括其文字在内的辉煌文物也湮灭于历史的长河中。

583年后，清嘉庆十五年（公元1810年），甘肃武威著名学者张澍在武威城清应寺发现了一块刻有西夏文字的石碑，这就是著名的武威西夏碑。这时，人们才将目光重新投向那个曾被历史尘封近600年的遥远王朝。

这通石碑全称为《重修护国寺感应塔碑》，是目前全国保存最完整、最有价值的研究西夏文的碑刻，石碑两面分别镌刻有西夏文和汉文的对照文字，现保存在武威市西夏博物馆内。碑文主要记录了当时重修凉州感应塔的缘起和经过。此碑文对研究西夏语言文字及其历史文化具有十分重要的价值，被中外学者称为研究西夏文的“活字典”。1961年3月4日，国务院将该碑刻列为第一批全国重点保护文物；1998年被国家文物局定为国家一级文物。

凉州会盟——武威白塔

凉州白塔是西藏正式纳入中国版图的历史见证，它位于武威城南 20 千米处。

公元 1247 年，元太宗窝阔台之子——西凉王阔端与西藏地方宗教领袖萨迦班智达在凉州白塔寺举行了具有历史意义的“凉州会谈”。这次会谈粉碎了吐蕃旧领主分裂祖国的政治阴谋，使西藏地方政权接受和认同了中央王朝的领导地位。接着，萨迦班智达与汉僧刘子聪，鼎力协助蒙古汗国健全了体制，从政治、经济、文化等方面加强了民族的融合，开启了吐蕃正式纳入中国元朝版图的历史序曲。

武威白塔

之后，萨迦班智达又向西藏僧俗发布了《萨迦班智达致蕃人书》，号召他们归顺元朝。至此，西藏（当时称吐蕃）正式纳入中国版图。“凉州会盟”后，萨迦班智达一直居住在凉州白塔寺讲经说法，直至去世，圆寂后的佛骨舍利也埋葬在凉州白塔寺的塔林中，直到今天仍然被人们瞻仰参拜。

萨迦班智达在凉州先后改扩建了凉州四部寺（皆为藏传佛教寺院），其中白塔寺是他主持扩建的最宏伟的藏传佛教寺院。据史料记载，寺院规模宏大，巍峨壮观，有 4 座城门、8 座烽墩，东西长 420 米，南北长 440 米，四周有围墙，犹如城垣。寺内建筑众多，有山门、钟楼、鼓楼、金刚殿、三宝殿、大经堂等，殿堂重檐七彩，雕梁画栋，佛像千姿百态，庄严肃穆，其规模和造型，均为凉州诸寺之冠，号称“凉州佛城”。凉州白塔寺在漫长的历史发展中，形成了融政治、宗教、经济等为一体的独特意义，由此成为蒙古王室及各族官员、群众和僧侣听经礼佛的圣地和从事贸易的场所。

萨迦班智达在白塔寺圆寂后，阔端在白塔寺内按藏式风格修建了一座高 16 层 40 多米、周边 60 多米的白塔，将萨班灵骨葬丁塔内。其后凡由青藏高原和蒙古高原前来朝拜的善男信女都到塔前顶礼膜拜。至今，白塔寺灵骨塔塔基和《重修凉州白塔寺》(明)、《建塔记》(明)、《重修白塔碑记》（清）等碑刻尚存。这些遗址和碑刻，见证了西凉王阔端和萨班大师为祖国统一和民族团结所开创的时代伟业。

中古图书馆——敦煌藏经洞

位于敦煌的莫高窟，不仅以石窟闻名天下，其藏经洞的发现也受到世人的瞩目。

藏经洞的发现源于一个名叫王圆箓的道士。王圆箓于 1892 年前后来到莫高窟化缘。到敦煌后，他发现莫高窟洞窟破损严重，便用化缘得来的钱，请人挖去淤沙，清理洞窟。1900 年 6 月，王圆箓和雇来的民工在清理第 16 窟淤沙时，在北侧甬道壁上发现了一处裂缝。沿裂缝挖掘，他们发现了一个小门，打开后，出现一个长宽各 2.6 米、高 3 米的方形窟室（现编号为第 17 窟），里面堆满了经书典籍，这就是闻名天下的“藏经洞”的发

敦煌壁画

现缘由。

据估算，藏经洞共发现从公元 4 世纪到公元 14 世纪历代文物 5 万多件，这些文物被称为敦煌文书。这些文书，除汉文写本外，用藏文、梵文、怯卢文、粟特文、古和阗文、回鹘文等少数民族文字写成的文本约占六分之一，还有绢本绘画、刺绣等美术品数百件。写本中除大量宗教经典之外，还有史籍、账册、历本、契据、信札、状牒等，极具学术研究价值。藏经洞的发现是中国考古学史上的一次大发现。如此众多的经书文献，使藏经洞被誉为“中古时期的图书馆”。

藏经洞本来是唐代高僧洪辩的纪念洞窟，里面塑有洪辩塑像。至于为什么古人会将这些文本藏在这里，可能是因为宋末元初，甘肃遭遇战乱，为了不使经书和文献损毁，僧人们便集中将其藏放于这里，并封死洞口，外面砌墙，涂上壁画进行掩饰，藏经洞也因此在很长的时间里不为人所知。直到 1900 年，因为偶然的机会，才重新展现在世人面前。

1907 年和 1914 年，匈牙利裔英国人斯坦因两次来到莫高窟，共买走藏品 2 万余件，现存于大英博物馆和印度的一些博物馆。1908 年，法国考古学家伯希和在“藏经洞”，挑选买走了 1 万多件堪称精华的敦煌文书，这些流失的文书后来大都藏于法国国立图书馆。伯希和回到北京，向一些学者出示了几本敦煌珍本，立即引起学术界的注意。“藏经洞”文书还有一部分被日本探险家和俄罗斯学者买走。

敦煌藏经洞遗书和文物的发现，推动了东西方学者从不同角度对它们进行整理和研究，并在 20 世纪 30 年代开始形成了一门新的学科——敦煌学，敦煌学的兴起引起了中外学术界对敦煌的重视，莫高窟由此名扬天下。

四部精华——文溯阁《四库全书》

《四库全书》，是 18 世纪中国历史乃至世界历史上的一项伟大文化工程，它囊括了清乾隆以前中国历史上的主要典籍。它是历经二百多年兵燹战乱而完好无损的一部官修史书，在中国文化史上具有重要地位。

乾隆皇帝策划了《四库全书》的编修，同时还设计了《四库全书》的收藏地，即文渊阁、文溯阁、文渊阁、文津阁（称“北四阁”）和文宗阁、文汇阁、文澜阁（称“南三阁”）。有清一代，无论是北四阁还是南三阁的藏书，都得到了较好的保存。随着清王朝的覆灭，南北各阁《四库全书》也经历了悲惨坎坷的历史命运。“南三阁”的《四库全书》连遭厄运，仅有杭州文澜阁的《四库全书》免遭兵火掠抢，但其中册次也大量散佚，后经补抄配全，今藏浙江省图书馆。“北四阁”的《四库全书》也没能逃过战争的浩劫。文渊阁《四库全书》被运往台湾，文津、文溯阁的藏本基本完整。而原阁存藏完整无损、书阁合一的，唯有文溯阁《四库全书》。

1966年，中苏关系紧张，出于战备考虑，为了《四库全书》的安全，文化部决定将文溯阁《四库全书》从沈阳故宫文溯阁转拨到甘肃保存。在运出之前，辽宁省图书馆的职工们用了一个月的时间对全书进行了清点和保养：文溯阁《四库全书》共有6141函，3474种，36315册，另有《简明目录》《总目》《考证》和《分架图》共4种39函265册，以及《钦定古今图书集成》一部，共576函，5020册。同时还整理出一本完整的《文溯阁四库全书检查纪要》，一并交于甘肃省图书馆。甘肃省对《四库全书》的保护工作十分重视，每年拨专款派专人管理《四库全书》。

为了能更好地保护和传承好《四库全书》，甘肃省在兰州黄河畔九州台上按照国家国宝级文物的馆藏标准，继承四库七阁的传统风格，修建了文溯阁《四库全书》藏书楼。建成后的“文溯阁《四库全书》藏书楼”已成为丝绸之路甘肃段上又一张文化名片。目前，甘肃省正筹划将《四库全书》进行数字化整理，使其能为繁荣和弘扬传统文化发挥更大的价值。

心灵读本——《读者》

创刊于 1981 年的《读者》杂志，是全国发行量第一、世界发行量第四的著名期刊品牌。《读者》杂志社位于兰州，曾连续 14 年雄居中国期刊发行量榜首。作为一本畅销杂志，《读者》已经成为甘肃的一张文化“名片”。

《读者》是几代人成长的记忆，很多人或许会问，这本有影响力的杂志，是如何在甘肃这片“荒凉僻远”的土地上落地生根、开花结果的？《读者》的成功要从改革开放初期说起，20 世纪 80 年代，改革初兴，每一个年轻人的内心都萌动着热血，一种对国家、对生活的崭新期待在心底萌发，而正是这种骚动和热

读者集团

血，成为《读者》成功的源泉。两个年轻人胡亚权和郑元绪托人经由香港捎回了一本美国的《读者文摘》，受到这本杂志的启迪，他们决定创办中国版的《读者文摘》。1980 年 12 月，在一间大约 6 平方米的小屋里，《读者文摘》杂志诞生了。为避免与美国《读者文摘》造成版权纠纷，1993 年 7 月，《读者文摘》正式更名为《读者》。

从诞生之日起，《读者》就是一本灵魂启迪杂志。从最初创刊之时，《读者》就确立了“博采中外，荟萃精华，启迪思想，开阔眼界”的办刊宗旨。20 世纪 90 年代，《读者》提出一种新的办刊理念，即“选择《读者》就选择了优秀的文化”。此一时期，《读者》逐渐加大了弘扬中华民族优秀文化的分量。进入 21 世纪，《读者》又提出“与《读者》一起成长”的口号，强调以人为本，旗帜鲜明地倡导人文关怀和人性回归，为读者奉上了一杯杯的“心灵鸡汤”。

《读者》虽然办刊宗旨灵活，但却一直坚守着她独有的核心理念。30 多年来，《读者》杂志从人文视角见证了改革开放的历程，内容清新高雅，体现了“看似超然，实则亲近”的人文关怀。不管世事如何变迁，《读者》一如既往地保持着对生命的热爱和尊重，对人类文明的传承和追求，在喧嚣市井中保持着一方精神的净土。

爱情史诗——《大梦敦煌》

《大梦敦煌》是甘肃兰州歌舞剧院国宝级剧目。这是一部富有传奇色彩的舞剧，该剧以古代敦煌为演绎背景，以青年画师莫高与大将军之女月牙的感情历程为故事线索，上演了一段可歌可泣的、令人难以忘怀的爱情故事。

青年画师莫高为追求艺术的最高境界前往敦煌，在穿越大漠戈壁的艰难险阻中生命垂危，恰被偶然路过的女子月牙相救。不久，他们在敦煌再一次相逢，双方碰击出爱情的火花。但是月牙的父亲却极力反对他们的爱情，逼迫月牙在王公巨贾中招亲。为了心中的挚爱，月牙星夜出逃，与莫高在洞窟相会，却不幸遭到父亲率领的军队的包围。在危急时刻，月牙不顾性命安危，再次拯救了莫高，却付出了年轻的生命。月牙走了，化成一泓清泉。莫高以泉润笔，在巨大的悲怆中完成了艺术的绝唱。

《大梦敦煌》之最：

中国投资最大的一部舞剧——总投资600多万元人民币。

中国最强的戏剧制作班底——紫禁城歌剧《图兰朵》原班制作班底。

中国最成功的舞剧作品——两年内演出130多场，观众总人数达20多万人次。

中国最成功的舞剧票房——总票房超过1600万元。

中国最成功的舞剧音乐作品——作曲家张千一最成功作品，把敦煌古乐进行现代化的加工，体现敦煌古韵。

中国最庞大的舞美制作舞剧——舞美总重量高达120吨，原比例将敦煌莫高窟千佛洞、飞天壁画实景移上舞台。

中国文化底蕴最丰厚的一部舞剧——敦煌特色、西部特色、中国特色、东方文化特色。

舞剧《大梦敦煌》自2000年4月首演于北京以来，已获得中宣部“五个一工程奖”、中国舞蹈“荷花奖”、文化部“文华奖”等多项荣誉，2005年荣登“国家舞台艺术精品工程”十大精品工程榜首。2007年被商务部、文化部、国家广电总局、国家新闻出版总署列入《国家文化出口重点项目目录》；2008年荣获文化部优秀出口文化产品和服务项目第一名；2009年荣获文化部

“优秀保留剧目大奖”；2016 年获批国家艺术基金 2016 年度传播交流推广项目。

有着“中国版《罗密欧与朱丽叶》”之称的舞剧《大梦敦煌》，目前已在中国 50 多个城市和法国、西班牙、荷兰、比利时、日本等国家演出 1100 多场，精湛优美的舞剧把“敦煌”带到了世界各地，成为中外交流的桥梁和纽带。

世界非遗——“花儿”与“皮影”

“花儿”是流行于甘肃省临夏、甘南、岷县等地的独具风格的民歌，其特点是即兴演唱，以情歌为主要内容，声音高亢嘹亮、轻快活泼，是我国民间音乐宝库中的一枝奇葩。

“花儿”，早在清乾隆时期就负有盛名。“花儿”因流行地区的不同，被分为临夏“花儿”和洮岷“花儿”两大派，两派又根据其结构、格调、唱法的不同分为诸多分支。临夏“花儿”，主要流传于甘肃河州（今甘肃临夏回族自治州）一带，是“花儿”两大派系中流传范围最广、影响最大的一派，极受汉、回、东乡、土、撒拉、保安、藏、裕固等民族广大群众的喜爱。2004 年

10 月 19 日中国民间文艺家协会授予甘肃省临夏回族自治州“中国花儿之乡”称号。

洮岷“花儿”是“莲花山花儿”和“岷县花儿”的总称，主要在汉族群众中传唱，广泛流行于甘肃省临夏回族自治州的康乐、和政县，定西市的临洮、渭源县、岷县（岷州），陇南市的武都、宕昌、文县，甘南藏族自治州的临潭（洮州）、卓尼、舟曲县等地。

甘肃“花儿”体现的是民间大规模的歌唱传统和集体的口头传承，构成了民间歌唱的文化空间。每当花儿盛会，青年男女纷纷走上山头坡岗，即兴歌唱，引来众人观赏参加。“花儿会”已成为地方重要民俗活动之一。2009 年甘肃“花儿”入选“人类非物质文化遗产代表作”名录，为世界非物质文化遗产宝库增加了新的瑰宝。

甘肃“皮影戏”是中国影戏的重要一支，皮影戏在甘肃也称为“影戏”或“影子戏”，一般来说就是由艺人在纱幕后操纵掌握用纸、皮等半透光的材料制作的人、物等形象，使其做种种动作，再借灯光将这类动作的形象传显于纱幕，且配合以一定言语、歌唱、乐曲，从而演出故事。

2003 年，庆阳环县的“道情皮影”被列为全国首批十项民族民俗文化保护试点工程之一，使衰微的影戏重新焕发了生机，老戏班、老艺人坚持演出，新戏班、新艺人不断涌现。环县“道情皮影”是“道情”与“皮影”相结合的产物，它与当地人民的习俗信仰水乳交融。

戏班演出时，前台一人挑杆表演，并承担所有角色的坐唱念白，后台四五人伴奏并“嘛簧”，一唱众和，粗犷高亢，彰显出厚重的西北乡土风格。2011 年，包括环县道情皮影戏在内的“中国皮影戏”被列入“人类非物质文化遗产代表作”名录。

“花儿”与“皮影”犹如甘肃民俗文化大观园中的两块瑰宝，虽历经沧桑，却弥足珍贵。

致　谢

四月芳菲醉，人间仲春时。在这个充满诗意的季节，陇原大地春意盎然，如诗如画。继三月成功推出《读者丛书·国家记忆读本》之后，我们步履不停，继续前行，又策划了第四辑“读者丛书”《人文甘肃读本》，献给我们生活的这片热土和我们一直深爱的读者。

陇原大地，历史悠久，人文丰厚，“丝绸之路三千里，华夏文明五千年”是长期以来人们对甘肃人文历史形成的深刻记忆和印象。而甘肃历史文化的厚重和悠久也使得它似乎缺少了一种现代的灵动和朝气。为了打破这种印象，也为了让读者更加了解甘肃、了解甘肃历史人文，我们在编辑《人文甘肃读本》的过程中试图转换一个新的视角，以名人、名家的视角去看甘肃人文历史，以艺术和文学的触角去抚摸陇原大地，让读者感受一个不一样的甘肃。丛书围绕甘肃人文历史这一主题，从各种图书、报刊、网站上精选了100多篇名人、名家书写甘肃的名篇，让读者在纯粹而轻松的阅读中了解人文甘肃，走进陇原大地。

在丛书的策划、编辑出版过程中，得到了读者出版集团、读者杂志社领导的多方指导和帮助，在此深表谢意！与此同时，丛书的编选也得到了绝大多数作者的理解和支持，他们对作品的授权选编和对丛书的一致认可使我们消除了后顾之忧，对此我们表示诚挚的谢意！尽管我们尽力想同各位作者取得联系，但由于各种原因依然未能联系到部分作者，对此我们深表歉意，也请这些作者见到图书后与我们联系。我们的联系方式是：甘肃人民出版社（甘肃省兰州市读者大道568号，730030，联系人：李依璇，13893216265）。

人间最美四月天，在这美好的仲春时节，《读者丛书·人文甘肃读本》的出版发行让我们这些出版人感到无比欣慰和激动，因为这是我们献给我们生活的这片土地和我们热爱的读者的最好礼物！

读者丛书编辑组

2019年4月